KB074314

마음을 비워둘게요

되도록 가볍게 조금 더 느슨한 삶을 위해

마음을 비워둘게요

✳

이애경
에세이

✳

언폴드

얼마 전 집 앞 귤밭 너머에 새로운 가족이 이사를 왔다. 우리 집 부엌 창은 크고 넓어 귤밭과 그 집이 보이는데 그들은 며칠 동안 밖에서 분주하게 움직였다. 그러던 어느 날 아침, 부엌에서 창밖을 보다 깜짝 놀랐다. 건너편 집 돌담 아래 흙을 일구어 정원을 만들고 붉은 아마릴리스를 심어 놓았는데 너무 예뻤다. 내가 땀 흘리고 가꾸지 않았는데도 마치 나의 정원처럼 아름다움을 감상할 수 있게 되었다.

'나누고 살아라. 베푸는 사람이 되어라'라는 말보다 의도하지 않았지만 아름다운 정원을 선물해준 이웃의 행동이 나를 움직였다. 나는 모종판에 싹을 틔워 놓은 해바라기를 집 돌담 옆에 나란히 심었다. 골목을 지나가는 사람들과 해바라기 풍경을 나누고 싶어졌기 때문이다. 나를 변화시킨 건 누군가의 강요도 잔소리도 아닌 일상에서 발견한 이런 기쁨이었다.

이웃의 말이나 행동이 평범한 일상의 어느 순간을 비집고 들어오는 때가 있다. 마당을 쓸러 나온 옆집 아저씨, 커피를 테이크 아웃하기 위해 잠시 들른 카페의 주인, 투박해 보이는 얼굴의 택시 운전사까지. 그들이 어려운 문장을 말한 것도, 위대한 사람이 남긴 명언을 인용한 것도 아니고 그저 일상적인 대화를 하다 툭 던진 말인데 어떻게 된 일인지 한 줄기 빛을 만난 것처럼 흐릿하던 시야가 밝아진다.

때로 그런 말이나 행동이 내 마음 앞에 묵직하게 놓이기도 한다. 무방비 상태로 있다가 뭔가에 얻어맞은 것처럼 명징하게 새겨지며 나를 돌아보게 만든다. 거울을 보듯 내 민낯이 적나라하게 보이기도 하고 숨기고 싶은 습관을 들킨듯 본심이 드러나기도 한다.

이렇게 나를 마주하는 순간에는 호기심과 동시에 두려

움을 느낀다. 드러난 내 모습에 실망할 수도 있기에.

그럼에도 그런 말과 행동이 소중한 건 나를 조금씩 변화시키기 때문이다. 그 누구도 바꾸기 힘든 '나'라는 사람을 말이다.

제주에 살면서 좋은 것은 삶이 단순해졌다는 점이다. 자의 반 타의 반으로 복잡한 것들을 걷어내고 나니 단순하고 소박한 것들만 남았다. 나를 증명하기 위해 소유하고 집착했던 많은 것들로부터 자유로워지니 삶이 가볍다. 적당히라도 유지해야 했던 인간관계가 정리되고 삶에 군더더기가 사라지니 마음도 생각도 많이 비워졌고. 밭을 갈아엎고 마음속에 있던 잡초들을 모조리 뽑아낸 느낌이랄까.

삶을 담백하게 만들고 나니 무엇은 붙잡아야 하고 어떤 것은 그냥 흘러가게 두어야 하는지도 보인다. 요새는 대부분 되는대로 놓아두는 편인데 딱히 애쓴다고 달라지는 것도 없는 것 같고 '군이 애쓰지 않아도 될 일은 되더라'는 경험치가 쌓여서일 것이다. 물론 그렇다고 나태하게 사는 건 아니다.

중요한 것은 늘 사소한 것에서 온다. 사소한 건 복잡하지 않고 단순하다. 그럼에도 인생이라는 미로의 큰 실마리가 되기도 한다. 단, 너무 단순하고 찰나적이라 바쁘게 살아가다 보면 놓치기 쉬운 것이 바로 사소한 것들이다.

내 마음을 위로하는 건, 방향을 제시하고 격려하고 용기를 주는 건 에베레스트에, 심연에, 우주 끝에 있는 게 아니었다. 바로 내 곁에, 일상에 있었다. 보통 사람들의 보통의 언어 속에 그 모든 답이 있었다. 그들의 이야기를 들을 수 있게 어제보다 조금 더 단순해진 나의 삶에 감사한다.

내 이웃의 말들이 당신 마음에도 닿길 바라며

이애경

2 한 걸음 한 걸음 너그러움을 향해

3 나다움을 유지하면서

4 되도록 가볍게 조금 더 유연하게

1

오늘도
나를 알아가는
중입니다

나에게 예쁘면
꽃이죠

시골살이를 계획하며 첫 순위로 둔 것이 작은 텃밭을
가꾸는 것이었다. 바닷가 작은 마을에 살 때는 세 평
남짓 되는 텃밭을 일구어 농사를 지었고, 귤 농사를 짓
는 한라산 중턱 마을로 이사한 후에는 스무 평 정도 되
는 텃밭에 채소를 기르고 있다. 내 손으로 키운 유기농
채소와 과일을 먹는 일은 무척 즐겁지만 작은 텃밭임
에도 관리하기가 너무 고되다. 특히 잡초를 뽑아내는
일은 중노동에 속한다.

온 동네서 날아온 잡초 씨앗들이 동면을 끝내고 봄이면 파릇하게 솟아난다. 잡초들은 무럭무럭 자라 봄이 끝나기도 전에 열대우림의 무성한 수풀처럼 세력을 확장한다. 그래서 이제는 잡초 같은 인생, 이라는 말로 삶을 폄하하지 않는다. 잡초의 길고 노련한 생명력을 체득해서다.

봄이 되어 잡초가 어느 정도 자라나 손맛을 느끼며 뿌리째 뽑을 수 있을 정도가 되면 2~3일 집중적으로 잡초를 뽑는다. 제주말로는 '검질을 맨다'. 잡초는 뽑고 뒤돌아서면 그새 자라있다는 말이 농담으로 들리지 않을 속도로 빨리 자란다. 여름에는 적어도 일주일에 한 번은 잡초를 뽑아야 한다. 이 작업을 해내지 못하면 밭이 무성해져 아예 손을 쓸 수가 없다.

작년에는 밭을 줄이고 정원을 늘리고 싶어 밭 한쪽에 꽃을 심었다. 꽃으로 채우면 잡초가 자랄 틈이 없다는 사람들의 말을 듣고 실행에 옮긴 것이다. 그러다 보니 고민이 생겼다. 꽃을 피우는 잡초들을 어떻게 할 것인가? 이들은 꽃인가? 잡초인가? 보라색 작은 꽃을 피우는 광대나물꽃, 동글이 꽃이 예쁜 여뀌, 그리고 작은 꽃을 매달고 있는 이름 모를 풀. 이 생명체들을 어떻게 해야 할지 고민이 되어 애월 쪽에서 농장을 운영 중인 가드닝 선생님에게 물어봤다.

"별거 있나요. 나에게 예쁘면 꽃이고 안 예쁘면 잡초죠."

예전에 잡초로 화단을 꾸미는 사람이 있다는 이야기를 들은 것이 기억이 났다. 남의 기준이 아니라 세상이 정해놓은 기준이 아니라 나의 기준으로 사는 삶. 잡초를 뽑다가 인생을 배운다. 남의 기준에 맞춰 사는 데 익숙해진 내 마음을 바로잡는다. 나에게 예쁘면 꽃이지. 삶의 선택이 한결 쉬워졌다.

어떤 일을 해야
미래가 보이는 건데?

서른쯤이었나 외국계 회사에 다니던 친구는 통역사가 되고 싶다며 내게 고민을 털어놓았다. 꿈과 현실 사이에서 고민하는 친구의 이야기를 들으며 나는 신이 났다. 진심으로 그녀의 꿈을 응원했기 때문이다. 얼마 지나지 않아 친구는 회사를 그만두고 치열하게 공부해 꿈을 이뤘다. 지금은 외국에서 통역사로 활약하며 멋지게 살고 있다.

공기업에 다니던 후배는 언론고시를 준비해보고 싶다

고 했다. 이때도 나는 진심으로 후배의 꿈을 응원했다.

"하고 싶은 걸 해."

나는 후배에게 꿈을 이뤄낼 능력이 충분히 있다고 믿었다. 직장을 뛰쳐나와 언론고시에 도전한 그녀는 지금은 잘 나가는 방송 프로그램의 프로듀서가 되었다.

안정적으로 먹고살 수 있는 환경을 버리고 불확실한 미래를 향해 한 걸음 내딛는 일은 쉽지 않다. 주위 어른들이 반대하고 인생 선배들이 말린다. 잘못된 선택으로 고생했던 과거의 내가 뒤꿈치를 잡고 앞날이 불안한 미래의 내가 막아선다. 이렇게 꿈은 늘 마음이나 머릿속 깊은 어딘가에 곰팡이가 슬어 머물다 결국 썩어 사라진다.

기자 출신인 나는 태생적으로 비판적인 성향을 갖고 있긴 하지만 '가능성'에 대해서만은 관대한 편이다. 무언가를 간절히 원할 때 온 우주가 내 꿈이 실현되도록 도와준다는 말을 맹목적으로 믿는 것은 아니다. 하지만 오랜 기간 직업적으로, 개인적으로 다른 사람들의 삶을 살펴보니 간절하고 꾸준히 꿈을 꾸는 사람들 대부분이 꿈을 이뤄낸다는 것을 알게 됐다. 크고 작은 '가치'로 꿈을 판단하지 않는다면 거의 모든 꿈은 이뤄지는 셈이다.

얼마 전 친한 친구를 만났다. 제주에 사는 일본인인데 회사를 다니다 잠시 쉬는 중이었다. 그녀는 다른 일을 알아봐야 할지 무엇부터 해야 할지 고민하고 있다고 했다. 잠시 머뭇거리던 그녀는 내게 일본어 통번역 공부를 해보면 어떨까, 하고 물었다.

사실 나는 예전부터 그녀가 번역을 하면 좋겠다고 생각해왔다. 하지만 일방적인 나의 생각이니 섣불리 이야기할 수 없었는데 그녀가 통번역가가 되고 싶다고 하니 마치 내 일인 듯 굉장히 기뻤다.

나의 응원에 그저 환하게 웃을 줄 알았던 그녀의 눈가가 촉촉해졌다. 자신의 생각을 지지해줘서 고맙다며 주위에 누구도 찬성하는 사람이 없었다고 했다. 그래서 의기소침했다고. 아마도 그녀를 아끼는 마음에 그랬을 테지만 무심코 던진 사람들의 말은 그녀의 꿈을 조각내고 있었다. 서울이 아닌 이곳에서 통번역을 공부해서 뭐할 거냐고, 통역이라는 직업은 미래가 안 보인다고.

"어떤 일을 해야 미래가 보이는 건데? 미래는 아무도 모르지. 과거만 보일 뿐이야."

내가 물었다. 어떤 직업이 미래가 보이는 직업이고, 직장일까? 우리 모두 답을 모른 채 살고 있지 않은가? 자기의 미래도 모르면서 타인이 품고 있는 꿈에 미래가 보이지 않는다며 하는 조언이 내게는 무책임하고 잔인하게 느껴졌다.

무언가를 간절히 원한다면 꼭 해보는 게, 해보지 않고 후회하는 것보다 낫다. 꿈이든 미래든. 그것이 무엇이든 상대가 품고 있는 마음의 씨앗을 소중히 여기는 배려야말로 좋은 충고가 아닐까.

제주에는 내비게이션에 나오지 않는 길이 많다. 농로지만 차가 다닐 수 있는 길도 있고, 너른 밭 사이에 만들어진 길도 있다.

남편은 아스팔트가 깔린 길을 가다 가끔 핸들을 틀어 흙길로 달리거나 농로처럼 보이는 곳으로 들어간다. 조금 가다가 길이 사라질 것 같으면 조급해진 내가 묻는다. 잘못 가는 게 아니냐고. 그럴 때마다 남편은 이렇게 답한다.

"틀린 길은 없어, 조금 돌아가거나 덜 돌아가는 거지."

그 대답의 끝에는 늘 새로운 길이 펼쳐져 있다. 때론 잘못되었다고 느낀 그곳에서 새로운 길을 만난다.

#틀린 길은 없다

눈은 손보다
게으르다

재봉틀 사용하는 법을 배웠다. 욕실에서 사용할 소창 수건을 만들기 위해서였다. 휴지 사용을 줄이기 위해 시작한 의미 있는 일이었다.

아기 기저귀를 만들 때 사용하는 소창 면을 여러 등분해 손수건, 행주 크기로 잘라 박음질했다. 과탄산소다를 풀어 소창 면의 빳빳한 풀기를 제거하고 나니 물기를 잘 흡수하는 새하얀 수건이 되었다. 수십 개를 만들어놓고 쓰는데 여간 편하고 뿌듯한 게 아니다.

다음 작업은 마스크 만들기였다. 마스크 대란이 일어날 무렵, 필터를 갈아끼울 수 있는 마스크를 만들었다. 그런데 면을 잘라서 대충 박음질했던 소창 수건과는 달리 작업량이 상당했다. 천을 구입해 패턴을 뜨고, 재단하고, 박음질과 다림질까지…. 작업 과정이 이전보다 훨씬 복잡하고 일이 많았다.

가족들에게 나누어줄 마스크 서른 개를 재단해놓으니 원단이 산처럼 쌓였다. 박음질을 시작하고 30분이 지났는데도 이어 붙여야 할 원단 양은 그대로였다. 아… 이걸 언제 다 박지. 오늘 안에 끝낼 수 있을까. 목이 뻣뻣하게 굳어왔다.

"눈은 손보다 게으르지요."

재봉틀 다루는 법을 가르쳐주던 선생님이 한숨을 쉬는 내게 말했다. 눈으로 보면 갈 길이 멀고 완성은 요원해 보이지만 그 순간에도 손은 묵묵히 일을 한다고. 그리고 생각보다 빨리 일은 끝나 있다고. 돌아보니 언제 다 뽑나 고민했던 잡초 제거도 꾸준히 하다 보니 밭이 깔끔해졌고, 얼마나 더 가야 되나 싶던 한라산도 걸음을 내딛다 보니 어느새 목적지에 도착했었다. 마스크도 물론 그날 하루에 모두 완성했다.

눈은 생각보다 게을렀고 겁이 많았다. 눈이 손에 있었다면 세상에 되는 일이 없었을지도 모른다. 불평하거나 겁내지 않고 묵묵히 일하는 손이 있어 다행이다. 앞으로 다가올 수많은 일들을 늘 이렇게 부지런히 마무리해주기를. 한쪽 손으로 다른 쪽 손을 포근히 안아주었다.

저렴한 것만 찾으면
저렴한 인생이 되는 거야

서점을 운영하다 보면 다양한 사람들을 만난다. 기자 생활을 할 때도 여러 분야의 사람들을 취재하며 스펙트럼이 꽤 넓다고 생각했는데, 시골 마을 서점에 있으니 그 다양성이 더 넓고 깊어진다. 기자일 때는 대부분의 사람들이 호의를 갖고 나를 만났지만 서점 주인이 된 지금은 사람들의 날 것 그대로의 태도를 만날 수 있기 때문이다.

하루는 어떤 손님이 서점에 들어서자마자 '효리네 민

박'을 촬영한 곳이 어디인지 물었다. 내가 알지 못한다고 답하자, 그분은 내가 알면서도 말하지 않는 것이라고 했다. 음… 사람은 각자 자기 마음대로 생각할 수 있는 거니까, 라는 생각으로 흘려들었다.

손님은 자신이 유명한 교수이고 이름을 검색하면 나온다고 했다. 이것저것 가격을 물어보던 손님은 중고로 내놓은 영어 원서 중 한 권을 골라 가격을 물었고 내가 가격을 말하자 이렇게 말했다.

"이거 온라인 서점에서 몇백 원이면 사는 건데 비싸게 받네요."

나는 콜라 가격이 편의점과 슈퍼마켓에서 왜 다른지, 소매와 도매, 온라인과 오프라인의 차이를 일일이 설명하고 싶지 않았다.

한참 둘러보던 손님은 책값을 깎아줄 수 없다면 엽서 같은 걸 서비스로 달라고 했다. 나는 최대한 예의를 갖춰 4,900원짜리 엽서를 함께 포장해 넣었다. 나중에

계산해보니 900원이 손해인 장사였다.

"팔지 말 걸 그랬나… 그 영어책 나한테 의미 있는
책인데."

저녁을 먹으며 남편에게 그날 서점에서 일어난 일을
이야기했다.

"저렴한 것만 찾으면 저렴한 인생이 되지. 시골 마을
책방에서 할 말은 아닌 것 같아."

그래, 대체로 아끼는 삶은 현명한 것이지만 노점에
서는 흔쾌히 비용을 지불하는 게 가치 있다 여겨지는
경우도 많으니까. 위로가 가슴 깊이 와닿았다.

삶의 어느 구석에서 나도 그 손님처럼 행동한 적이
있었던가? 100원, 200원을 깎으려고 상대의 마음을 다
치게 한 적은 없었나? 충분히 여유가 있음에도 삶을 스
스로 저렴하게 대한 적은 없었는지 나를 돌아보았다.

어느 때에 어디를 가든 친절하고 풍요로운 손님이 되고 싶다. 그것이 그날 상대에게 찾아온 작은 행복 혹은 큰 기쁨이 될 수도 있으니까.

표지나 광고 문구에 끌려 책을 집어 들었는데 처음에는 흥미롭게 읽다가 점점 지루하거나 읽기 싫어지는 책이 있다. 혹은 새로 런칭한 드라마를 기대감으로 집중해서 보다가 점점 전개가 느려지거나 시시해져 그만 보게 되는 경우도 있다. 미술 전시회를 가든 무엇을 하든 처음에는 그럴듯해 보였는데 시간이 지나고 좀 더 자세히 안을 들여다보면 생각보다 별로인 경우를 종종 접하게 된다.

어쩌면 그 사람의 뒷면도 그랬을지 모른다. 겪어보면 생각보다 시시하고 보기보다 별로인. 그래서 인연이 닿지 않았다고 생각하면 정리가 한결 쉽다. 아쉬움도 없고 미련도 남지 않는다.

#어쩌면 그 사람의 뒷면도 시시했을지 몰라

필요한 것은 필요한 순간에
반드시 주어진다

바버렛츠와 미국 투어를 하던 때였다. LA에서 뉴욕으로 가기 위해 비행기를 탔다. 기내에 앉아 창밖을 보다가 내 트렁크를 실은 카트가 내가 탄 비행기 쪽으로 왔다가 방향을 틀어 다른 곳으로 가는 것을 목격했다. 트렁크에 독특한 표시를 해놨기 때문에 내 짐이 분명했다. 나는 곧장 스튜어디스를 호출해 내 트렁크가 비행기에 실리지 않았다고 말했지만 스튜어디스는 내 트렁크가 확실하냐는 질문만 계속했다. 100퍼센트 확실하다는 나의 주장은 묵살되었고 야속하게도 비행기는 나만 태운 채 이륙했다. 결국 나는 트렁크를 찾지 못하고 뉴욕에 도착했다.

숙소에 와서 다들 짐을 정리하느라 분주한데 나만 풀 짐이 없었다. 여행의 맛은 짐을 싸고 푸는 건데. 헤어진 트렁크를 생각하자 맥이 풀렸다. 더 큰 문제는 트렁크 없인 아무것도 할 수 없다는 것이었다. 옷을 갈아입을 수도, 일을 할 수도 없고, 입고 온 옷 그대로 손에 든 물건만으로 하루를 견뎌야 했다. 내 손에 들린 작은 가방에 들어있던 유일한 여행용품은 칫솔이었다.

나는 칫솔을 제외한 모든 물품을 동행했던 멤버들에게 빌리거나 받았다. 다음날 짐이 도착한다고 했기 때문에 물건을 섣불리 사지는 않았다. 빌려 입었다가 돌려줄 수 없는 속옷은 기증을 받았고 실내에서 입을 옷, 클렌징 제품, 화장품 등 모든 것을 빌려서 썼다.

한국에 있는 친구에게 상황을 이야기했더니 이 기회에 아무것도 소유하지 않은 삶을 살아보라고 했다. 무소유의 삶. 기껏 하루만 참으면 되니까, 아무것도 갖고 오지 않았다고 생각하고 한번 살아보기로 했다. 재미있는 건 원해서 한 일은 아니었지만 그렇게 살아보니 살아지더라는 것이다. 사람들이 주는 것을 공급받고 작고 단순한 것에 자족하며 살아가는 것. 그런대로 흥미롭고 신선한 경험이었다.

뉴욕 일정을 마치고 캐나다 토론토로 이동했다. 물론 되찾은 나의 트렁크와 함께. 숙소는 공연을 기획한 기획자의 대궐 같은 집이었다. 각자 방을 배정받은 뒤 짐을 다 풀고 나니 이번에는 칫솔이 없었다. 뉴욕에서 유일하게 나와 함께 해주었던 친구가 사라진 것이다.

칫솔을 사기 위해 마트에 가려고 하니 집주인이 말했다. 이 집에 제일 많은 게 새 칫솔이라고. 아무거나 골라서 쓰라고 말이다. 나는 결국 칫솔마저 얻어 쓰는, 완벽한 무소유 여행을 했다.

손에 무언가를 넣으려고 안달복달하던 시절이 이제는 멀게만 느껴진다. 시골살이를 하다 보니 좀 더 그렇게 변하게 됐다. 없으면 없는 대로, 있으면 있는 대로 살아가는 삶에 조금씩 익숙해지고 있다. 나에게 무언가가 없어서 좋은 건 그 필요를 다른 누군가가 채워주기 때문이다. 가끔은 완벽하지 않아야 누군가 나에게 손을 내밀 수 있다. 나에게 빈자리가 있어야 다른 사람의 도움이 그곳을 채운다. 내게 꼭 필요한 것은 언젠가 필요한 순간에 반드시 주어진다는 진리. 이것만 명심하면 삶이 그렇게 고단하지 않다.

잘라야 할 가지는
잔가지일 때 잘라야 해요

정원이 있는 단독주택에 살다 보니 나무를 자주, 유심히 보게 된다. 나무가 어떻게 계절을 나는지, 가지에 어떻게 새싹이 나고 힘껏 영양을 끌어올려 잎을 펼치는지, 그리고 어떻게 열매를 맺고 겨울을 준비하는지.

마당에는 내가 심은 2~3년생 나무도 있지만 수십 년 된 무화과나무와 감나무도 있다. 농사에 관해 전문적인 교육을 받아본 적이 없는 나는 눈치껏 때론 소신껏 농사를 짓는다. 옆집 할머니께 영농 노하우를 전수

받거나 그때그때 상황에 대처하며 농사를 지을 때도 많다. 그중에서도 특히 가지를 자르는 전정이나 전지를 해야 할 시기가 되면 어느 가지를 쳐야 할지 항상 고민하곤 했다. 모든 가지가 소중해서 어느 것도 자를 수 없었기 때문이다. 처음에는 "나무야 미안해" 하며 자잘한 가지들을 쳐낸다. 그렇게 몇 번 가위로 가지를 치다가 슬슬 대범하게 굵은 가지들을 쳐낸다. 점차 잔 가지를 열 번 자르느니 큰 가지 하나 쳐내는 게 훨씬 수월하다는 걸 깨닫는다.

얼마 전 도시농부 교육을 받으며 전문가에게 오랜 고민이었던 가지치기에 대해 물었더니 이렇게 말씀해 주셨다.

"잘라야 할 가지는 아낌없이 잘라야 합니다. 가지가 두꺼워지면 자르기가 더 힘들어요. 잔가지일 때 자르는 게 훨씬 쉬워요. 어차피 자를 거니까요."

모두가 열심을 내어 자란 듯 보이지만 사실 잘라야 할 가지는 정해져 있다. 땅을 향해 직각으로 뻗은 가지나 하늘로 솟은 가지, 다른 가지의 생장을 방해하는 가지 등. 처음부터 방향을 잘못 뻗은 가지는 끝까지 나무의 성장을 방해한다. 나무가 병들기 전에 언젠가는 잘라야 할 가지들이다.

전정 1년차와 2년차, 또 3년차에 나무를 대하는 마음이 달라졌음을 느낀다. 처음에는 나무에게 미안했지만 나무를 사랑한다면 과감하게 가지를 쳐내야 한다는 것을 시간이 지날수록 더 깊게 깨닫는다.

삶도 그런 것 같다. 나에게 일어나는 일과 사람과의 관계에서 늘 가지치기가 필요하다. 미적미적하다 일이 커진 후에는 수습하기가 더 어렵다는 걸 우리는 익히 알고 있다. 특히 내가 상처를 받거나 해치는 방향으로 관계가 자라고 있다면 끊어내는 게 맞다. 통풍이 잘 되고 햇빛을 잘 받도록 적당히 가지치기를 해야 나도 튼튼하고 나를 지탱해주는 사람들과의 관계도 더 단단해진다. 그렇게 자란 나무는 어디서 보아도 참 예쁘고.

가지치기는 겨울에 해야 한다. 나무 전체에 수액이 올라오기 전에, 영양분이 아직 뿌리에 있을 때 하는 게 좋다고 한다. 잎사귀가 다 떨어져 앙상하고 세포까지 추운 겨울에 가지마 저 다 잘라야 한다니. 설상가상, 엎친 데 덮치는 꼴이다.

물론 겨울에 가지치기로 나무의 인생이 끝난다면 이 이야 기는 비극일 것이다. 가지치기를 하는 이유는 더 건강하게 자라기 위해서, 가을의 풍성한 수확을 위해서다.

내 인생이 추운 겨울인데 가지마저 무참히 잘리고 있구나, 싶은 생각이 들 때가 있다. 인생의 바닥까지 내려간 줄 알 았는데 그 아래 구덩이가 또 있구나, 하는 절망감에 휩싸일 때도 있다. 그래도 어떻게든 견뎌보자. 버텨내면 봄이 오고 또 가을이 올 거니까. 삶이 건강하고 더 풍성해질 테니까. 비록 지금 당장은 믿기지 않을 테지만 말이다.

#인생의 가지치기를 해야 할 때

당신의 말이
누군가에게 가닿을 때

어느 날 책방에 온 남자 손님이 함께 온 여자 손님에게
말했다.

"책이나 한 권 사."

'밥이나 먹어', '잠이나 자', '집에나 가'처럼 처음에는
이 말이 책 혹은 작가에 대해 배려 없는 말처럼 들렸
다. '책이나' 한 권 사라니. 글을 쓰는 사람으로서 폄하

당한 것 같았다. 내가 쓴 책들도, 지금 이 책도 '책이나'로 지칭되는 그 한 권에 포함되는 건가. 그렇게 생각하니 슬펐다. 그러다 한편으로 고마운 마음이 들었다. 그래, 한 권이라도 사주면 감사하지, 이렇게 말이다. 이건 책방 주인의 입장이었다.

작가이자 책방 주인인 나에게는 책이나 한 권 사라는 이 짧은 한마디에 슬픔과 기쁨이 다 녹아있다. 사실 예전에는 별생각 없이 흘려듣던 말이었는데 책방을 운영하면서 들으니 깊은 의미를 주는 문장이 되었다. 김춘수의 시에 나오는 '꽃'처럼 말이다.

책방을 운영하며 손님들과 짧은 대화를 하거나 손님들이 나누는 대화를 간혹 듣게 되는데 그럴 때마다 우리가 말할 때 사용하는 '단어'가 얼마나 중요한지 새삼 깨닫게 된다. 그래서일까, 나는 한 마디 한 마디 할 때마다 단어를 꼭꼭 눌러 일시정지 시킨 뒤 상대방이 상처받거나 오해하지 않도록 말하려고 노력한다. 흥분하거나 화가 나면 말하는 속도가 빨라지는 통에 말해놓고도 아차 싶은 경우가 있다(흥분하는 일은 거의 없지만).
그래서 가능한 천천히, 머릿속으로 단어를 고른 후에
이야기한다. 부정적인 말이든 긍정적인 말이든 말에는
힘이 있다고 믿기 때문이다.

평균적으로 2,000개의 단어만 알면 일상생활을 하며 소통하는 데 무리가 없다고 한다. 기왕이면 내 입술에 담긴 2,000개의 단어가 긍정이면 좋겠다. 가능하면 격려의 단어, 위로를 주는 문장, 상대방의 마음이 즐거워지는 말을 하고 싶다. 나 때문에 마음을 다치는 사람이 없도록, 그 다친 마음을 내가 되받아 상처받는 일이 없도록 말이다.

#긍정의 단어만으로 사는 세상

열심을 내지
않기로 한다

나는 남들보다 조금 열심히 사는 편이다. 아마도 '열심'이라는 DNA가 내 몸 깊숙이 배어있는 건지도 모르겠다. 특히 이마 어딘가와 오른쪽 장딴지에 몰려 있는 것 같기도 하다. 항상 생각이 앞서거나 몸이 먼저 움직이니까.

나는 새벽형 인간이기도 하다. 어렸을 때부터 새벽에 일어나 하루를 꽉 채워 살아왔다. 여행을 다닐 때도 기진맥진할 때까지 돌아본 뒤에야 숙소로 들어오고,

그것도 모자라 퉁퉁 부은 다리를 베개에 올리고 다음 일정을 점검한다.

게다가 한 가지를 하라고 하면 두세 가지는 해봐야 하는 스타일이다. 지금까지 배우고 경험한 걸 가지고 살아도 되련만 아직도 배우려는 의욕이 가라앉지 않아 온라인으로 마케팅 강의나 브랜딩 강의를 들으며 일하는 데 적용해보기도 한다. 모르는 건 그냥 넘어가지 못하고 꼭 배우거나 건드려는 봐야 직성이 풀리는 성격 탓이다.

그러다 보니 열심히 살지 않는 사람들을 이해하기 힘들었다. 물론 열심히 살지 않는다고 느끼는 건 전적으로 내 기준이다. 하지만 아무리 기준을 낮추어도 열심이라는 게 보이지 않는 사람들이 있다.

'왜 이 시간에 이것밖에 못하지?'

'왜 저렇게 매사에 느슨하지?'

'좀 더 열심히 하면 해낼 수 있을 것 같은데…'

사람들과 일을 하다가 혹은 옆에서 지켜보다 이런 의문을 품곤 했다. 내가 하루면 '해치우는' 일을 왜 그 사람이 하면 이틀, 일주일이 걸리는 걸까. 답답해하는 나를 지켜보던 남편이 말했다.

"열심도 능력이고 재능이야. 열심을 안 내는 게 아니라 못 내는 거야. 열심이라는 재능이 없는 사람도 있어."

'열심'이 재능이라고? 열심히 사는 것도 능력이라고? 열심을 다하고자 하는 의지가 있고 없고의 문제가 아닐 수도 있다니! 한 번도 그런 식으로 생각해보지 않았는데 그 말이 옳다고 가정하고 그동안 이해되지 않았던 상황들을 되짚어보니 대부분 이해가 되었다.

그동안 나는 큰 착각 속에 빠져 살았던 것이다. 능력이 없으면 '열심히'라도 해야지, 하고 생각했는데 '열심' 자체가 내재되어 있지 않을 수도 있다고는 미처 생각하지 못했다. 사람을 대할 때 가졌던 기준 자체를 바꾸

는 일이었기에 고정관념에서 빠져나오는 데 조금 시간
이 걸렸다. 능력이 없는 사람에게 '열심'이 없을 확률도
높을 수 있다는 데까지 생각이 미치자 많은 것이 이해
되었다.

내가 당연하다 믿었던 것들, 그래서 인식조차 하지
못했던 것들을 깨닫는 순간이 있다. 이런 순간이 늘어
날수록 타인에 대한 이해도 조금씩 더 깊어진다. 좀 더
빨리 알았으면 좋았을 걸, 하는 아쉬움도 있다. 그랬다
면 사람들에게 상처를 주는 일이 적었을 텐데, 나를 들
볶는 것도 덜했을 텐데….

하지만 모든 것에는 때가 있다는 것도 안다. 지금 알
아야 할 때가 되어 알게 된 것이겠지. 나는 아직도 모
르는 것이 많지만 그것에도 열심을 내지 않기로 한다.
열심이라는 재능을 덜어내고 그곳에 쉼표를 찍어놓는
다. 마음을 다해 대충 살기를 꿈꾸는 사람이 되어.

넘어질
자유를 주세요

친한 동생이 직장을 옮긴다고 했다. 직장뿐만 아니라 사는 곳까지 모두 옮기는 것이라 작지 않은 결정이었다. 그런데 새로 일할 곳에 대한 이야기를 들어보니 탐탁지 않은 점이 몇 가지 보였다. 상대가 동생을 이용하는 것이 너무도 분명하게 느껴졌고, 그 필요가 사라지면 내쳐질 수도 있겠다는 생각이 이야기를 들을수록 또렷해졌다.

하지만 나는 동생에게 내 생각을 말하지 않았다. 동

생에게 살짝 운을 띄워봤지만 입사하기로 이미 마음을 굳힌 상태였고 이사를 가는 것에 대한 희망에 부풀어 있었기 때문에 나는 아무 말도 할 수 없었다.

'안타깝기는 하지만 이건 그녀가 겪고 깨달아야 하는 일이구나.'

나의 생각이 빗나가길 바랐지만 결국 그녀는 1년 반이 지나고 나서야 자신의 선택이 잘못되었다는 것을 깨달았다.

타인에게 내 의견을 강하게 이야기하지 않기 시작한 데는 이유가 있다. 몇 년 전 친구의 결혼을 반대했었다. 다른 일도 아닌 그녀의 인생이 관련된 것이라 내 의견을 강하게 낼 수밖에 없었다. 남자의 이러이러한 점이 문제가 될 것 같다고 했던 나의 조언은 친구에게 상처가 되었고 관계가 소원해지고 말았다. 친구는 결혼을 했고 지금도 잘 살고 있지만 내가 걱정했던 부분에서는 문제가 해결되지 않은 채 결혼생활을 유지하고 있다. 그것이 그녀의 운명이라면 아무 말도 하지 않고 그녀의 선택을 존중했어야 했던 걸까. 아직도 잘 모르 겠다.

나는 태생이 목표 지향적인 데다 나이에 비해 사회 경험이 많은 편이라 누군가 속 얘기를 하면 해결 방법 부터 튀어나온다. 상대의 이야기를 듣고 나서 공감이 나 위로를 먼저 하려고 노력하는데 그게 잘 안 된다. 이야기를 듣는 순간 해결책부터 떠오르니 참 힘든 노 릇이다. 누군가 엎어지고 넘어질 게 분명한 길을 가거 나 답이 너무 빤한 문제를 들고 고뇌하고 있으면 솔로 몬처럼 현명한 답을 주고 길을 빨리 찾을 수 있도록 도 와주고 싶어서다.

어느 날 멘토와 이야기를 나누다 친한 동생과 있었 던 일을 이야기했다. 내 눈에 그녀가 상처받고 힘든 길 로 들어서는 게 너무 선명하게 보였지만 그녀의 선택 을 반대하지 않았고, 결국 일이 그렇게 되었다고. 그리 고 주위에 말리고 싶은 일들이 비일비재하게 일어나는 데 상관할 수도 없고 안 하자니 안타깝고…. 이럴 땐 어떻게 하는 게 좋겠냐고 물었다.

그러자 멘토가 말했다.

"그들에게 넘어질 자유를 주세요."

넘어질 게 빤히 보여 어떻게든 그 길로 가는 것을 막고 싶더라도 그건 나의 일이 아니다. 상대방이 스스로 경험할 수 있도록 넘어질 자유를 주는 것이 결국은 상대를 아끼는 일이라는 것. 안타깝지만 내가 할 일은 상대가 해보기도 전에 말리는 것이 아니라 그저 옆에 있어주는 것이다. 극구 반대하던 길을 가다가 상대가 넘어지면 "거봐, 내가 뭐라 그랬어!" 하고 핀잔을 주는 게 아니라 묵묵히 곁에 있다가 일으켜 세워주는 것이 나의 역할인 것이다.

내가 배워야 하는 것이 무엇인지 정확히 알게 되었다. 누가 뭐라고 하건 나도 내 길을 내가 선택해 살아왔고 오는 길에 넘어지며 부딪히기도 했다. 누군가 '그건 아니야'라고 강력하게 이야기했더라도 나는 내가 선택한 길을 고집했을 테고 아마 관계만 나빠졌을 것이다.

나보다 뒤에 오는 사람들에게 넘어지지 않는 법이나 지름길을 미리 알려주면 좋겠지만 그들이 나의 이야기를 들을 준비가 되지 않았다면 '넘어질 자유'를 주는 것이 내가 최대한 할 수 있는 배려다. 언제든 내밀어줄 수 있는 따뜻한 손과 잠시 쉬었다 갈 수 있는 위로의 의자, 그리고 머리를 식힐 수 있는 선선한 바람 아래 그늘을 준비해두면 되지 않을까.

뻔뻔과 살아남기의 사이

재재의 인터뷰를 읽던 중이었다. "뻔뻔한 게 중요한 것 같아요. 뻔뻔하게 살아남아야 해요"라는 문장에서 잠시 숨을 골랐다. 당돌한 90년대생의 생각과 움직임을 들여다보고 싶어 고른 책이었는데 읽기 시작하자마자 멈추어 선 것이다.

이 두 문장에 쓰인 단어들을 모두 지우고 딱 한 단어만 남겨야 한다면 무엇을 남길 것인가? 갑자기 든 생각에 단어들을 하나씩 지워봤다. '뻔뻔'과 '살아남다'라는 두 단어가 남았다. 뻔뻔할 수 있지만 버티지 못하고 스러진다면 무슨 소용일까. 뻔뻔하지 못하더라도 '살아남는' 것이 결국 가장 중요한 게 아닐까? 나에게는 뻔뻔함보다 살아남는 것이 더 중요하게 느껴졌다.

사실 이런 생각이 든 건 '버티기', '살아남기'가 내게 더 익숙하기 때문인지도 모른다. 지금껏 살아온 인생이 그랬고 어른들의 삶에서 보고 깨달은 것도 그러했으니까. 하지만 90년대에 태어난 사람들에게 에너지를 느끼는 이유는 어쩌면 그들이 선택할 것이라고 여겨지는 '뻔뻔함' 때문이 아닐까. 그런 의미에서 나는 그들이 추구하는 뻔뻔함이 부러웠다.

지금까지 버티고 살아남는다는 것에 중심을 두고 살아왔다면 이제부터 내가 도전해봐야 하는 건 뻔뻔함일지도 모른다. 뻔뻔하기, 그러면서도 살아남기. 가슴 속에서 무언가 뜨거운 것이 올라오는 게 느껴졌다.

늘 별일이라고
답하는 사람

"별일 없으세요?"

"늘 별일이지!"

내가 좋아하는 선배 작가는 안부를 묻는 나의 질문에 지체하지 않고 이렇게 답한다. 살다 보면 늘 별일이 생기고, 그것이 삶에 활력을 준다는 것이다. 좋은 일이든 좋지 않은 일이든 선배를 중심으로 일어나는 모든 일을 어떤 생각과 글감의 촉매제로 보는 게 아닐까. 혹은 따분한 일상보다는 삶에 긍정이든 부정이든 자극제가 되는 어떤 사건이나 일을 의미하는 '별일'을 좋아할 수도 있고. 그래서 선배와 통화하면 항상 즐겁다. 그 앞에 고민을 쏟아놓기도 전에 "뭐, 그럴 수 있지", "쳇, 그러라고 해" 같은 통쾌한 말을 듣기 때문이다.

삶을 유쾌하게 사는 사람들의 언어는 다르다. 삶을 대하는 태도가 달라서일 것이다. 삶을 대하는 태도는 자존감에서 온다. 자존감이 강한 사람들은 상황에 주눅 들지 않는다. 자존감은 우뚝 서 있고 상황은 흘러가니까. 구김살 없는 당당함이 사람을 매력적으로 만들고 그 매력이 그 사람을 더 단단하게 만든다. 선배는 패션도 남다르고 취향도 특별하며 개성이 선명해 남이 뭐라 하든 전혀 신경 쓰지 않는다. 나는 선배의 그런 점이 참 좋다.

지금도 활발히 활동하고 있는 가수와 오래전에 인터뷰를 했던 때도 그 선배와 같은 인상을 받았다. 아침에 인터뷰가 잡혀있었는데 인터뷰 장소로 들어선 그녀는 눈이 빨갛고 술 냄새가 폴폴 났다. 냄새가 아주 심한 걸로 봐서 새벽까지 마신 듯했다. 나는 걱정이 되어 물었다.

"언니, 많이 마셨어요?"
"그럼, 내가 조금 마셨겠어?"

너무 솔직한 대답에 흐드러진 꽃처럼 웃는 그녀에게 무한한 애정이 솟아났다. 언니인데도 너무 귀엽다고 그때 그렇게 생각했던 것 같다. 그런 솔직함이 부러웠고.

솔직함은 당당함이고, 당당함은 유쾌함을 부른다. 나는 이렇게 결이 단단한 사람이 좋다. 부정적 상황에서 긍정의 실마리를 보는 사람, 쉽게 고민거리로 만들지 않는 사람, 그런 이들과 오래 함께하고 싶다. 나 또한 그런 사람이길 바란다.

나,
이애경이야

자존감을 생각할 때 떠오르는 인물이 있다. 부자 아빠
의 죽음으로 갑자기 거지가 된 《소공녀》의 주인공 세
라다. 불행을 모험이라고 여기는 열한 살짜리 멘탈갑
소녀는 졸지에 다락방에 사는 하녀가 되지만 의연하게
이렇게 말한다.

"무슨 일이 일어나더라도 이것만은 달라지지 않아.
내가 겉에 누더기를 걸치고 있더라도 실제로는 공주

일 수 있어. 금빛 드레스를 입었다면 공주라고 하기 쉬웠겠지만 말이야. 아무도 몰라줄 때에도 여전히 공주로 있는 게 훨씬 대단한 거야. 마리 앙투아네트처럼."

왕비 자리에서 쫓겨나 감옥에 갇혔을 때 훨씬 더 왕비 같았다던 마리 앙투와네트. 어떤 상황에도 기가 죽지 않는다는 것, 자신의 고귀함을 떨어뜨리지 않고 자존감을 잃지 않는 것이 중요하다는 걸 나이가 들수록 더 실감한다. 예측하지 못한 어떤 상황이 생기면 나는 본능적으로 '뭐야… 나 이애경이야!'라고 나에게 말해준다. 나는 슈퍼우먼도 캡틴 마블도 아니지만 내 안의 힘을 믿기 때문이다. 내 안에 탄탄히 자리 잡은 자존감에 알람을 들려주어 내가 누구인지 되새기게 한다. 그러고 다시 상황을 바라보면 훨씬 다루기가 쉽다. 감정은 가라앉고 내 자아가 이성적으로 나를 지켜주기 때문이다. 어쩌면 그것이 세라가 가진 자존감이자 고결함을 유지하는 힘이었을 것이다.

삶에 위기가 오면 나의 본성이나 내면의 어떤 성질을 대면하는 시간이 반드시 온다. 나의 본성이 위기를 극복하게 해줄 수도 있고, 내 어떤 성질 때문에 위기가 나를 최악의 상황으로 몰아넣을 수도 있다.

삶에 위기가 닥쳤을 때 문제를 피하지 않고 정면으로 맞서는 사람이 있다. 위기를 용기 있게 마주하고 풀어내면 그것이 실패하든 성공하든 그 인생은 변한다. 나의 본성을 똑바로 마주하고 민낯을 봤기 때문이다. 하지만 위기가 오면 슬금슬금 피하거나 도망가는 사람도 있다. 이런 사람의 삶은 변하지 않는다. 자신을 들여다보지 못하는 겁쟁이로 남는다.

지금 나의 모습이 마음에 들지 않는다는 건, 어쩌면 인생의 크고 작은 위기와 사건이 벌어졌을 때 도망쳤기 때문일 수도 있다. 변하고 싶다면, 계속 성장하고 싶다면 위기가 왔을 때 그 안으로 나를 던져보는 건 어떨까. 문제를 맞닥뜨리는 건 힘든 일이지만 그만큼 훌쩍 자란 내 모습을 볼 수 있으니 말이다.

#자신의 민낯을 마주할 용기

2

한 걸음 한 걸음
너그러움을 향해

책도 다 팔자가
있는 것 같아요

제주에 살고 있는 번역가 선생님의 집에 시인과 소설가, 나, 이렇게 세 명이 초대되었다. 글을 쓰는 네 사람이 모인 자리이니 당연히 책 이야기가 오갔다.

번역가 선생님은 서재에 놓인 수많은 책에 대한 이야기를 하셨다. 워낙 다독을 하시는 데다 책을 선물로 많이 받으셔서 정리할 때마다 기증도 많이 하신다고 했다. 서가에는 좋은 책들이 전시장처럼 우아하게 놓여있었다. 그 모습을 본 시인이 말했다.

"책도 다 팔자가 있는 것 같아요."

시인은 얼마 전 헌책방에 갔던 이야기를 꺼냈다. 칸트의 《순수이성비판》이었던가. 그 누구도 끝까지 읽지 못한다던 어려운 책에 메모가 되어 있었다고 한다. 처음 몇 장만 적혀 있다 말겠지 싶었는데 마지막 장까지 빼곡하게 메모가 적혀 있었다. 메모 내용은 거의 투정과 짜증에 가까운 말들이었다. 뭐가 이렇게 어렵냐는 류의 한탄. 그 책은 어떤 사람의 손에 붙들려 첫 페이지부터 마지막 페이지까지 씨름하며 읽힌 애증의 책이었던 것이다.

어떤 책은 글을 쓰는 사람의 집 책꽂이에 고결하고 귀하게 꽂혀 있고, 어떤 책은 그저 인테리어 소품으로, 가구의 높낮이를 맞추기 위한 조절대나 뜨거운 찌개를 담은 냄비의 받침으로 쓰이기도 한다. 이렇듯 책은 열심히 읽는 사람의 책상에 놓여 책으로서의 본분을 다하기도 하지만 낮잠용 베개처럼 전혀 다른 용도로 사용되기도 한다. 그래서 책에는 팔자가 있다는 것이다.

이야기를 들은 우리는 모두 고개를 끄덕였다. 번역가 선생님도 "책에 팔자가 있다는 이야기는 내가 많이 하고 다녔는데"라고 해서 우리는 한참을 웃었다. 책을 가까이하는 사람이라면 누구나 공감할 만한 이야기니까.

똑같이 만든 책이라도 어떤 사람과 인연이 닿느냐에 따라 운명이 달라진다. 똑같이 만들어지지 않은 사람의 운명이 제각각인 건 어찌 보면 너무 당연한 일이다. 우리 인연이 누구와 어디에 닿느냐에 따라 삶이 달라지는 것은 말할 것도 없고.

하나 시켜서
나눠 먹을 수도 있죠

책방에서 걸어서 10분 거리에 일본인 부인과 한국인 남편이 운영 중인 카페가 있다. 예쁜 카페라 평소 눈여겨보았는데 마을잡지를 만드는 프로젝트를 진행하게 되어 두 사람과 이야기를 나눌 수 있었다. 호주에서 처음 만난 이야기, 결혼하고 제주에서 살게 된 이유 등 한 가정의 시작에 대한 소소하고 즐거운 이야기가 오갔다.

일본의 시골 마을에서 간호사를 하던 부인이 대도시

를 선호하지 않아 제주에 자리 잡게 되었는데 제주살이가 좋다고 했다. 제주에서 무엇을 할지 고민하던 부부는 카페를 운영해보기로 했고 부인이 바리스타 공부를 한 데다 요리를 잘하는 덕에 카페를 시작하는 일이 그리 어렵지 않았다고 했다.

카페를 장식하고 있는 동남아시아 소품에 대한 이야기에서부터 인테리어 공사까지 다양한 이야기를 나누다 카페 운영에 대해 질문을 던졌는데, 남편이 이렇게 말했다.

"여기는 1인 1음료 주문하지 않아도 돼요. 하나 시켜서 나눠 먹을 수도 있죠. 꼭 한 사람이 한 잔을 마셔야 하나요?"

그의 말에 작은 전율을 느꼈다. 세상은 너무 각박하고 얌체 손님에게 상처를 받은 수많은 카페 주인들에게 '1인 1음료'는 타당한 '요구'다. 듣는 사람이나 말하는 사람이나 큰 거부감 없이 하는 말이니까. '물은 셀

프'처럼 너무 익숙해진 한국식 카페 이용 매뉴얼이었는데 그런 생각을 단칼에 반전시킨 말이었다. 아, 그렇지. 여유가 없거나 배가 부르면 한 잔 시켜 나눠 먹을 수도 있는데 왜 이렇게 각박한 문구가 당연하다고 생각하고 살았을까.

나의 마음 씀씀이를 들킨 것 같아 얼굴이 화끈거렸다. 살면서 좀 더 너그러워져야 하는데 살다 보면 남에게 각박하게 굴 때가 생긴다. 머릿속으로 계산을 하지 않는 게 더 좋을 때가 있는데 본능적으로 계산기를 두드린다. 내가 입게 될 '손'과 '익'이 자연스럽게 떠오른다. 본능은 손해를 회피하려고 한다. 그런 경우에는 '룰' 혹은 '으레'라는 가림막으로 가리고 나를 보호한다. 톺아보면 부끄럽지만 상처받지 않으려는, 자신을 지키려는 본능이라 이런 마음 또한 이해가 된다.

그런 너그러움은 어디서 비롯되는 걸까. 카페 사장은 사람들이 자기를 '왠지 도와주고 싶은 사람'이라고 하며 도움을 많이 준다고 했는데. 그런 도움을 받아왔기 때문에 너그러워진 것일까? 아니면 그의 너그러움이 다른 사람들을 물들인 것일까.

　나의 마음 씀씀이는 아직 살짝 조여져 있는 것 같지만 이런 만남으로 내 마음을 들여다볼 수 있다는 사실에 감사했다. 내가 서 있는 곳이 어디인지, 또 가야 할 방향이 어디인지를 알게 되었으니까. 그저 한 걸음 한 걸음 너그러움을 향해 가다가 힘들면 멈추고 다시 걸어가면 되니까. 옳은 방향을 찾았다는 것만으로도 나는 이미 발전한 것과 다름없으니까.

아홉 살 아이가 할아버지 집에 놀러왔다. 일을 마치고 들어오신 할아버지는 욕실에 씻으러 들어가셨고, 잠시 후 거실로 나온 할아버지는 민머리였다.

머리카락이 없는 할아버지의 모습을 처음 본 아이는 당황스러움과 터져 나오는 웃음을 꾹 참고 저쪽 구석으로 걸어갔다. 아이는 그곳에서 조용히 키득키득 웃었다. 작은 어깨가 빠르게 들썩였지만 할아버지의 눈에는 보이지 않았다.

배려란 그런 것이다. 아홉 살 아이에게는 어른들보다 훨씬 다정하고 깊은 마음이 있었다.

#아홉 살 어른의 배려

다금바리가 오늘 밤만
넘기면 되는데

"다금바리가 오늘 밤만 넘기면 되는데 위태위태해서
긴장하고 있어요. 내일 아침까지만 버텨주면 바로
잡아 숙성시켜서 저녁에 아주 맛있게 먹을 수 있거
든요."

생선의 목숨이 연장되길 이렇게 애타게 바라는 마음
이란! 열정이랄까, 절박함이랄까, 끈기랄까. 묘한 감정
이 섞인 묵직한 톤의 부산 사투리로 젊은 오너 셰프가

한 말이 한동안 귓가를 맴돌았다. 때문지 않은 열정이 내 고막을 선명히 지나갔다고 해야 할까.

모슬포 근처의 고산이라는 동네로 타자기를 사러 갔다가 돌아오던 길이었다. 저녁을 먹기 위해 식당을 찾다가 지인의 추천을 받아 작은 식당에 들어갔다. 식당 정식 가격이 9,000원인데 차려주는 반찬이 예사롭지 않았다. 슬쩍 다른 테이블을 보니 흑돼지 두루치기에 콩나물국, 생선조림은 기본이고 반찬이 수두룩했다.

남편과 나는 정식 2인분에 1만 원짜리 가자미회를 추가했다. 다른 생선도 있었지만 근처에서 잡아온 데다 다른 식당에서는 잘 먹지 못하는 생선이니 '홍어'를 좋아하면 한번 시도해보라는 젊은 셰프의 추천이 있었기 때문이다.

두 명이 먹기에는 과하다 싶을 정도로 맛깔난 음식이 나왔고, 작은 위에 욱여넣으며 맛있게 저녁을 먹었다. 셰프는 어머니가 운영하던 식당을 이어받아 장사를 시작했는데 근처에서 잡은 생선만 들여와 음식을 만든다고 했다. 그래서 그날그날 메뉴가 다르고 좋은 생선이 들어오면 기다리고 있는 손님들에게 연락해 오시라고 한다고.

그렇게 본인의 식재료에 열정적인 터라 예사롭지 않다고 느꼈는데, 잠시 바깥의 수족관을 보고 오더니 우리에게 말했다. 다금바리가 위태위태해서 걱정이 된다고. 다금바리가 오늘 밤을 넘겨줘야 내일 아주 맛있는 회를 먹을 수 있다고. 생선의 목숨에 이렇게 간절해 보이는 건 처음이었다. 나는 깔깔깔 웃었다. 오늘 밤만 버텨주면 된다니.

고산이라는 작은 바닷가 시골 마을의 작은 식당이었지만 셰프의 일에 대한 자기만의 철학과 뜨거운 열정이 고스란히 전해졌다. 고독한 미식가라면 이런 집을 찾아서 한 끼 식사를 하지 않을까. 젊은 셰프와 미식가의 대화와 표정을 상상하며 집으로 돌아오는 길이 즐거웠다.

혼자 할 수 있는
가장 좋은 놀이

소길 마을에는 서예를 하는 할아버지가 한 분 계신다. 대한민국 미술대전 서예 부문에서 특선을 받았을 정도로 글씨를 잘 쓰신다. 글씨만 잘 쓰시는 게 아니라 귤나무 접붙이기를 하는 전문가이기도 하다. 나무를 키우는 데 일가견이 있어 집에서도 다양한 종류의 나무를 키우시는데 할아버지 집에는 귀하다는 구상나무도 있다.

할아버지와 이야기를 나누다 내가 물었다. 서예를

하면 어떤 점이 좋냐고. 농사일이 끝나고 밤에 몰래 글씨를 연습하곤 했다는 할아버지가 말했다.

"아는 사람이 은퇴하고 나서 뭐를 하면 좋겠냐고 묻더라고. 나는 서예를 하라고 했어. 화투는 벗이 있어야 하지만 서예는 혼자 할 수 있는 좋은 놀이거든."

은퇴하고 나면 아무래도 사람들을 만나는 시간이 줄어든다. 일부러 만남을 자제할 수도 있지만 어쩔 수 없이 인간 관계가 좁아지기 마련이다. 잉여의 시간을 다른 사람으로 채우기보다 혼자 할 수 있는 무언가를 하면서 시간을 보낸다는 게 참 지혜롭다는 생각이 들었다. 새로운 꿈을 꾸는 것 같다고 할까. 할아버지는 혼자 보낸 수많은 밤을 헤아리는 듯 소년처럼 수줍게 웃으셨다.

밤하늘에 반짝이는 별을 보는 게 너무 좋으니 집 주위에 가로등을 설치하지 말라고 요청한 이웃이 있다는 이야기를 들었다. 얼굴은 모르지만 그 사람은 누구보다 순수하고 고결할 것 같다는 생각이 들었다. 어떤 모양새든 편리함을 포기하기란 쉽지 않은데, 어둠을 견디는 이유가 별빛을 눈에 담기 위함이라니. 별빛을 위해 많은 걸 포기하는 사람이라면 내가 듣고 싶은 이야기를 많이 갖고 있을 것 같다. 다른 이들과 결을 달리 하는 사람일 테니까.

#어둠을 견디는 이유

저는 공룡이
정말 좋아요

지인의 아이가 직접 그리고 쓴 그림책을 나에게 선물해주었다. 소설이라고 해야 하나 에세이라고 해야 하나. 주인공은 공룡을 너무나 좋아하는 소녀다. 소녀는 학교에 다닐 때도 잠을 잘 때도 늘 공룡과 함께다. 이야기를 읽어가던 나의 눈이 한 문장에서 멈췄다.

그래요, 저는 공룡이 정말 좋아요.

'그래요'라는 확신에 찬 단어 뒤에 사랑이 느껴지는 이 문장.

살아가면서 확신을 갖고 답해본 게 언제였던가. 어렸을 때는 모든 것이 확실해 보였는데. 정해진 대로 따라 하다가 가끔 일탈해도 모든 것은 다 확실했다. 하지만 내가 결정해야 하는 일이 많아지고, 그에 따른 책임이 오롯이 나에게 돌아오기 시작하니 확신하는 것들이 점점 사라진 것 같다. 사람과의 관계에서 실패하고, 노력했는데도 이뤄지지 않는 일들이 있다는 걸 알게 되고, 이런 줄 알았는데 결국 저렇게 되어버리는 일들이 산발적으로 늘어나면서 무엇을 확신한다는 단어를 입 밖으로 내어본 적이 드물어졌다. 확실히 추천한다는 맛집도 맛이 없는 경우가 종종 있으니까.

그래서였을까. 아이가 가진 '확실함'이 부러웠다. 나는 공룡을 좋아해, 정말 좋아하고, 그건 확실해. 이런 마음이.

나의 어릴 적 어딘가에 이렇게 확실하고 결연한 아이가 숨어있을 텐데. 그 아이를 꺼내주고 싶다는 생각을 했다. 그 아이는 어느 지점에서 용기를 잃고 확실하다고 말하기를 주춤거리게 되었을까.

아이에게 다가가 이렇게 말해주고 싶다. 확실하든 확실하지 않든 그건 상관없다고. 그때의 마음은 확실했던 거니까 그것만으로도 충분하다고. 변한 것은 내 책임이 아니라고. 그러니 확실하다고 느껴지는 게 있으면 확실하다고 말해도 된다고. 이렇게 말이다.

다음 세대에게
남겨주는 거죠

이스라엘을 여행할 때였다. 성지순례로 유명한 나라인
만큼 가는 곳마다 모두 유적지이자 박물관이었다. 길
가의 어느 모퉁이든, 어느 곳이든 눈길 닿는 곳마다 역
사적인 의미가 부여된 장소들이었다. 수많은 곳들이
어디선가 들어본 지명이었고 수천 년의 역사를 품은
곳이라 머무르는 내내 신기했다.

그중에서도 가장 신기했던 건 끝도 보이지 않는 듯
한 아주 넓은 땅에 말뚝을 박아놓고 줄로 연결해놓은

뒤 '유적지 복원 중'이라는 팻말을 써놓은 어떤 부지였다. 가이드는 그곳이 유적지로 발견된 지 30~40년이 넘었는데도 처음 발견됐을 때와 거의 다를 바 없을 정도로 유물 발굴 진행이 느리다고 했다. 내 눈에는 진행 상태가 느리다기보다는 아무것도 하지 않는 것처럼 보였다. 가이드에게 물었다. 이스라엘뿐만 아니라 세계사에 있어서도 이 나라의 유적지는 중요한 곳인데 왜 이렇게 방치하냐고.

"다음 세대가 할 수 있는 것들을 남겨주는 거지요. 여기서는 빨리 빨리 복원하지 않아요."

유적지와 유물을 발굴하는 일을 다음 세대를 생각하면서 한다니. 무척 신기했다. 문화유산이 많은 나라라서 이런 여유를 가질 수 있는 것일까, 부럽기도 했다.

내가 할 수 있는 일이지만 내가 하지 않고 다음 세대에게 물려주기 위해 일을 미룬다는 개념은 이제껏 한 번도 접해본 적이 없다. 그것도 꽤 가치 있는 것들을 세상 밖으로 끄집어내고 주목받을 수 있는 50퍼센트의 확률을 포기하면서까지 말이다. 세상의 스포트라이트를 받을 수 있다면, 나에게 큰 이익이 되는 일이라면 나의 일이 되어야 하고, 그래서 공치사라도 받기를 원하는 그런 삶에 익숙한 게 우리들 아닌가.

가이드는 이런 말도 덧붙였다. 지금 발굴하지 않아 세상에 드러나지 못한 유물이 역사적으로 엄청난 것이라 하더라도 그건 그 세대의 몫이라고. 속도를 내지 않는 것, 억지를 부리지 않는 것, 무리하지 않는 것, 무엇보다 내가 사는 이 세대를 지나 다음 세대에게 줄 일과 기쁨을 생각할 줄 아는 그들이 무척 부러웠다. 우리는, 아니 나는 지금을 소비하는 데 익숙해진 사람이기에.

빨리 유명해지고
싶지 않아요

기자로 활동할 때 떠오르는 신인 배우를 인터뷰한 적이 있다. 데뷔하자마자 곧바로 주연이 언급될 정도로 꽤 촉망받는 배우였다. '떠오르는'이라는 수식어가 부담이 된다며 이야기를 시작한 배우는 마음과 생각이 아주 간결하고 명료한 사람이었다. 오랜 시간 동안 수많은 사람들을 만나왔던 나의 인상에 깊게 남을 만큼 생각의 결이 고왔다.

"저는 빨리 유명해지고 싶지 않아요."

그녀가 조심스럽게 입술을 뗐다. 빨리 데뷔를 하고 빨리 스타가 되고 싶어 하는 사람들이 주를 이루는 연예계에서 듣기 쉽지 않은 말이었다. 그녀의 마음은 확고했다. 빨리 유명해져서 사람들이 많이 찾고, 해야 할 작품이 많아지면 자기가 힘들어질 것 같다고. 복작이는 사람들 속에 내던져져 혼란스럽고 마음이 많이 부담이 될 것 같다는 것이 그 이유였다. 내 공간에 친구를 초대하는 것처럼 한 사람 한 사람에게 최선을 다하고, 그게 익숙해지면 여러 명을 초대하면서 그 횟수를 늘리고 싶다고 했다. 천천히 사람들이 좋아해주면 자신도 그 속도를 따라갈 수 있으니까. 그렇게 사람들과 교감하며 속도를 맞추고 싶다는 그녀의 바람이 놀라웠다.

그녀는 자기를 보호하기 위해 자기에게 맞는 속도와 방향으로 살아가는 길을 택했다. 살아보니 좋아하는 일을 오랫동안 하려면 천천히 내가 감당할 수 있는 속도대로 가는 것이 현명하다. 한 번에 에너지를 많이 쏟으면 성큼 앞설 수 있을지 몰라도 금방 지치고 주저앉을 가능성이 크다. 조금 늦더라도 꾸준히 가는 게 맞다.

버겁지 않은 속도로 가야 오랫동안 좋은 배우로 남을 수 있을 것 같다는 그녀의 말이 시간이 흐를수록 더 깊게 공감되는 것 같다.

나는 성실한 사람을 편애한다. 그래서 상당히 감정이입하고 본 영화가 바로 〈카모메 식당〉이다. 핀란드 헬싱키의 어느 골목에 자리 잡고 일식당을 운영하는 일본인의 이야기를 담은 영화다.

가게를 연 지 한 달이 넘도록 손님은 한 명도 오지 않았지만 주인공 사치에는 늘 준비하고 기다린다. 성실하게 일하면 누군가 반드시 알아줄 것이라는 신념을 가지고 기다린 것이다. 우연한 기회로 헬싱키에 온 미도리와 마사코가 함께 일하게 되면서 혼자였던 식당은 온기가 돌고 손님들도 방문하기 시작한다.

성실함은 시간을 요구한다. 성실의 뜻은 '정성스럽고 참됨'이라는데, 여기에 반드시 추가되어야 하는 것이 바로 꾸준함을 바탕으로 한 기다림이다. 그래서 성실한 사람은 찾아보기 드물다. 인내를 겸비하기가 쉽지 않아서다. 그게 내가 성실한 사람을 편애하는 이유다.

#꾸준함이 가져다주는 것

모르는 사람 이야기를 들을
나이는 지났어요

햇살이 따스하게 내리쬐는 금요일 오후, 저 멀리 서쪽
에서 손님이 오셨다. 70대 정도의 단아한 예술가는 책
읽기를 좋아한다며 책을 추천해달라고 했다. 최근에
읽은 책들을 차례로 소개하다가 제주에 살고 있는 다
양한 사람들의 이야기가 담겨 있는 인터뷰 책을 추천
했더니 이렇게 말씀하셨다.

"인터뷰요? 모르는 사람 이야기를 들을 나이는 이미

지났어요. 주변에 있는 사람들 이야기도 다 듣지 못하는데."

복잡한 서울에서의 삶을 떠나 시골에서 살아 좋은 점 중 하나가 인간관계의 단출함이다. 제주에 거주하기 시작하면서 자연스럽게 서울에서의 인간관계가 정리되었다. 사람들 틈에서 복작대고 살면 즐겁고 시간 가는 줄 모르지만 그 관계를 통해 남는 것이 그다지 많지 않음을 깨달았다. 떠나보니 말이다.

70대 예술가의 말이 마음에 와닿은 건 그래서일 것이다. 복잡한 삶에서 멀어질수록, 나이가 들수록 하나씩 가지치기가 된다. 내 인생을 덮고 있던 수많은 가짜들, 불필요한 것들을 과감히 쳐낼 수 있다. 물론 처음에는 쉽지 않았지만 시간이 흐르면서 이것도 익숙해진다. 결국 삶이 고요해지면 나를 정확하게 들여다볼 수 있고 무엇이 중요한지를 깨닫게 되니까.

이제는 새로운 사람을 만나는 자리를 잘 갖지 않는다. 성인이 되고 나서는 이해관계가 얽히지 않고서 인연을 만들기가 힘들다. 나라는 존재 자체를 존중하고 유심히 들여다봐줄 사람은 거의 전무하다. 그래서 허튼 곳에 시간을 쓰는 것이 싫다. 그 시간에 나와 가까운 사람과 한 번 더 만나 이야기를 나누는 것이 훨씬 즐겁다. 함께 살아갈 이야기가, 미래의 이야기가 담길 가능성이 많기 때문이다.

'우리'라는 이름으로 불릴 수 있는 사람들에게 좀 더 마음과 시간을 쏟고 싶다.

천리향 화분을 선물로 받았다. 향이 천리까지 간다고 해서
천리향이다. 3~4월이 되면 작고 하얀 꽃이 무리 지어 몽글
몽글 피는데 뭐라 형용할 수 없는 그윽한 향이 나서 꼭 향
이 나는 방향으로 돌아보게 된다.

천리향에 대해 흥미로운 이야기를 들었다. 천리향은 수정
이 되면 수정이 되지 않은 다른 꽃을 위해 잠시 향을 멈추
고 모든 꽃이 다 수정이 되면 그때 다시 향을 내기 시작한
다는 것이다.

꽃나무에 핀 꽃들 모두 수정되기 위해서 서로가 서로를 배
려하고 욕심을 부리지 않는다니. 작은 꽃송이조차 양보와
배려 그리고 상생의 의미를 본능적으로 알고 있었다.

어서 봄이 와 다시 천리향 향을 맡고 싶다. 향도 아름답고
마음도 아름다운 그 꽃을.

#천리향에게 배우는 상생의 의미

나무가 가시를 내는 건
약하기 때문이에요

제주에는 '곶자왈'이라고 불리는 지형이 있다. 숲을 뜻하는 '곶'과 덤불을 뜻하는 '자왈'이 더해져 만들어진 제주어다. 바위와 나무 덤불이 마구 얽히고설킨 밀림이자 숲인데 제주에는 이런 곶자왈이 많다. 청정한 제주 공기는 거의 여기서 나온다고 보면 된다.

제주에 살면서 아무래도 숲을 더 가까이하게 되고, 자연과 함께할 수 있는 시간이 늘면서 숲에 관심이 많이 생겼다. 주위에는 수목원을 비롯해 생태림, 휴양림,

곳자왈 등 다양한 형태의 숲이 있다. 이런 장소들을 방문하다 보니 지금까지 한 번도 들어보지 못한 좀꽝꽝, 좀작살, 말오줌때, 멀구슬이라는 이름의 나무들도 이제는 익숙해졌다.

언젠가 곳자왈에 생태학습을 간 적이 있다. 곳자왈 해설가와 두 시간가량 곳자왈을 돌며 나무에 얽힌 다양한 이야기를 들었다. 걷는 도중 울창한 숲, 거대한 나무들 사이로 작은 나무가 한 그루 서 있었다. 우리는 걸음을 멈추고 나무를 살펴봤다. 나무에는 가시가 촘촘히 박혀 있었다. 해설가는 다른 나무와 달리 왜 이 나무에만 가시가 있는지 생각해보라고 했다.

"나무가 가시를 내는 건 약하기 때문이에요."

동물이나 다른 무엇으로부터 해를 입거나 상처받기 쉬운 나무에는 가시가 있다는 것이다. 자세히 보니 그 나무는 다른 나무에 비해 월등히 가늘었다. 산들바람에도 휘청거리고 다람쥐라도 오르면 꺾어질 듯 약해

보였다. 동물들이 나무에 기어오르지 못하게, 연약한 줄기가 꺾이거나 생채기가 나지 않도록 나무는 자신을 보호하기 위해 가시를 내는 방법을 택했다.

이렇듯 식물은 스스로 버티고 살아갈 방법을 터득하고 있었다. 다른 이에게는 상처일 뿐이지만 식물에게는 생존이 걸린 문제니까.

살다 보면 가시가 돋은 사람을 만날 때가 있다. 잔가시가 있기도 하고, 큰 상처를 낼 만큼 두껍고 큰 가시가 돋친 사람도 있다. 그런 가시에 찔리면 찌른 사람을 원망하고 나의 아픈 상처만 들여다봤는데 해설가의 이야기를 듣고 나니 가시가 있는 사람들은 어쩌면 굉장히 여린 사람일 수도 있겠다는 생각이 들었다. 너무 부러지기 쉬워 살아남기 위해 가시를 내는 방법을 선택한. 그래서 앞으로 누군가의 가시에 찔린다면 원망하거나 미워하기보다는 그에게 약함이 있구나, 이렇게 생각하기로 한다. 그들이 살기 위해 선택한 생존방식일 테니 말이다.

가시가 보이는 사람이 있다면 찔리지 않도록 적당히 거리를 두거나, 혹여 찔리더라도 상대를 탓하지 않기. 떨어져 나와 내가 받은 상처를 치료하는 데 집중하기. 가시보다는 그 너머 상대의 연약함을 인정해준다면 그들과의 관계가 조금 더 편해질 테니 말이다.

'겸손하다'.

겸손은 누군가 나를 칭찬할 때 "아… 아니에요" 하며 머리를 조아리며 수줍게 말하는 태도가 아니다. 내 덕이 아니라 모두 여러분의 덕이고, 다 차려놓은 밥상에 숟가락 하나 얹은 거라고 머리를 긁적이는 게 아니다.

겸손하다는 건 상대가 이해되지 않는 말이나 행동을 하더라도 뭔가 그런 사정이 있겠지, 라고 생각하는 데까지 마음이 미치는 것이다. 다시 말해 상대방에 대한 존중이 더해지는 것이다. 어떤 일에서든 상대방에게 어떤 사정이 있을 거라고 인정하면 내 생각을 일방적으로 주장하거나 고집을 피우지 않게 된다. 너그러워지는 것이다. 그래서 사전에는 겸손을 이렇게 정의한다.

'남을 존중하고 자기를 내세우지 않는 태도'.

#겸손의 진짜 의미

오늘 하루만이라도
이기적으로 지내

나는 맏딸이라 철이 조금 일찍 들었다. 어릴 때부터 양보하고 참다보니 나보다 남을 더 배려하는 것이 몸에 배어있는 편이다. 사실 나는 그런 삶이 불편하지 않은데 친한 동생은 늘 그걸 안타깝게 생각했다.

그녀와 여행을 가게 되어 함께 계획을 세우다 불쑥 나에게 여행 가서 단 하루만이라도 좋으니 이기적으로 지내보라고 했다. 여행 비용도 자기가 다 대고 나에게 모든 걸 맞춰줄 테니 여행하는 동안 내가 하고 싶은 것만 하고 하기 싫은 건 조금이라도 하지 말라고. 자기를 챙기지도, 맞추지도, 배려하지도 말라고 했다. 그냥 나의 본능대로, 내가 하고 싶은 대로 다 하라고. 자기가 다 받아주겠다고 말이다.

나는 웃으며 그러겠다고 했다. 하지만 몸에 밴 습관이 어디 가나. 얼마 지나지 않아 나는 다른 사람을 챙기고 신경 써주는 나의 본 모습으로 돌아가버렸다. 내가 불편한 게 낫지 다른 사람이 불편한 걸 보고만 있는 게 도저히 적성에 맞지 않았기 때문이다.

가끔 좋은 뜻으로 누군가를 배려하다가 맥이 빠지는 일이 생기면 그녀의 말이 생각난다. 그때 그녀가 원하는 대로 하루를 살아봤으면 어땠을까. 그 여행을 계기로 나를 먼저 생각하고 행동하는 게 자연스러워지고 익숙해졌다면 나의 기분과 상태에 따라 상대에게 'Yes'나 'No' 버튼을 자유자재로 누르게 되지 않았을까.

세월이 쌓이다 보니 나 하고 싶은 대로만 하는 이기적인 사람까지는 아니더라도 덜 양보하는 법을 알게 되었다. 상대방의 배려를 받을 줄도, '나'를 위한 선택이 무엇인지도 좀 더 알게 되었다. 여전히 내가 불편한 쪽이 마음이 편하긴 하지만.

　남을 배려하기보다 때로는 나를 먼저 배려하고, 나의 불편을 참기보다 참지 않는 편을 택하는 것. 나를 자신보다 먼저 배려해줬던 그녀가 무척 그립다. 지금은 멀리 미국에 살고 있어 자주 볼 수 없지만 나의 '이기적인' 선택들을 무엇이든 받아주겠다던 그 마음이 정말 고맙다.

다른 사람들이 하는 정도까지는 누구나 할 수 있다. 하지만 그 이상을 해주는 것을 뜻하는 말 '엑스트라 마일(extra mile)'. 상대방이 원하는 거리보다 조금 더 가주는 것이다. 상대방이 생각했던 것보다 더 베푸는 것이다.

말은 쉽지만 행동은 어렵다. 가능하면 엑스트라 마일을 가주는 사람이 되고 싶다. 그러면서도 대가를 바라지 않는.

#함께 인생을 달려주는 사람

아이들은 밥만 잘 먹어도
칭찬받아요

아이가 하는 모든 행동은 대개 칭찬으로 이어진다. 밥만 잘 먹어도, 특히 팬서비스 차원에서 식탁에 앉아 밥을 먹으면 칭찬은 두 배가 된다. 뒤뚱뒤뚱 걸어도, 말도 통하지 않는 옹알이를 해도, 한 걸음씩 느릿느릿 계단을 올라도, 시원하게 큰일을 보며 냄새를 풍겨도 모두 칭찬거리가 된다. 이때 칭찬은 무조건적인 사랑과 애정의 표시이기에 아이들은 이 사랑을 먹고 무럭무럭 자란다.

그러다 어느 시점부터 칭찬을 받는 일이 줄어들기 시작한다. 더 이상 밥을 먹어도, 걸음을 씩씩하게 걸어도 '잘한다'는 소리는 듣기 어렵다. 어린이에서 청소년으로 성장하고 어른이 되면서 어릴 적 칭찬 소재들은 당연한 일이 되어버린다.

"아이들은 계단만 올라가도, 밥만 잘 먹어도 칭찬받잖아요. 얼마나 좋을 때야."

엄마 손을 잡고 '영차영차' 계단을 오르는 아이를 지켜보던 지인이 말했다. 내겐 그 말이 어렸을 때 받았던 무조건적인 칭찬이 그립다는 이야기로 들렸다. 어른으로서 일상의 행동들은 더 이상 칭찬이 되지 않고 웬만큼 잘해서는 누군가에게 인정과 박수를 받기가 쉽지 않기 때문일 것이다.

문득 외할머니가 떠올랐다. 할머니는 팔순 무렵에 요양원으로 들어가서 우리 가족은 명절이면 할머니를 만나기 위해 요양원으로 갔다. 침대에 누워있는 할머니는 아이가 되어 있었다. 샘도 많고 질투도 많은 아이. 다른 사람이 도와주지 않으면 일어나지도 못하고 밥도 먹지 못하고 아이처럼 온전히 나약해진 모습이었다.

어렸을 때 봤던 엄마와 할머니는 평범한 딸과 엄마의 느낌이었는데, 할머니의 주름만큼 나이도 깊어지고 할 수 없는 일들이 많아지자 엄마는 어느 때부터인지 할머니를 아이처럼 대하기 시작했다. 특히 요양원에 계신 뒤부터 할머니는 엄마의 아이가 되었다. 엄마는 할머니가 밥을 잘 드시는 것도 칭찬하고 몸을 조금만 움직여도 잘했다 격려하고, 주위 할머니들과 사이좋게 지내도 칭찬했다. 엄마는 어미 새가 새끼를 품어주듯 괜찮다고 할머니를 안심시켰고, 아이에게 말하듯 세심하고 자세하게 모든 걸 설명했다. 같은 말을 두세 번 듣고 나서야 할머니는 아이처럼 고개를 끄덕였다. 알아들었는지는 알 수 없지만 말이다.

칭찬받는 아이를 보며 할머니가 떠오른 건 나도 나

이를 먹어가기 때문일 것이다. 그 길을 엄마가 가고 또 내가 가게 될 테니까. 나도 엄마에게 칭찬을 해주고 아이처럼 돌볼 날이 언젠가는 올 테니까. 그때를 위해 따뜻한 칭찬을 많이 준비해둬야겠다.

'어어어' 하다가
그렇게 되었어요

"어떻게 하다가 작가가 되셨어요?"

누군가의 물음에 나는 "어쩌다 보니 작가가 되어있
네요"라고 말했다. 생각해보니 처음부터 작가가 되고
싶었던 건 아니었다. 우연히 기회가 찾아왔을 뿐이다.
물론 기자로 사회생활을 시작해 늘 글과 함께하는 삶
을 살아오긴 했다. 글을 쓰는 일이 즐겁기도 했고. 작
사를 하게 된 것도 그렇다. 우연한 기회에 노래에 글을

담는 작업을 하게 되었고 작사가라는 이름을 달게 되었다.

소길에서 책방을 하게 된 것도 비슷하다. 개인 작업 공간이자 사무실로 사용하려고 계획했다가 공간이 크고 또 예뻐 혼자만 쓰기 아깝다는 생각이 들었다. 책을 만드는 공간이니 책을 팔면 더 좋겠다 싶었고. 그렇게 '어어어' 하다 보니 결국 이 공간에 책을 담아놓게 되었고 나는 책방지기가 되었다.

더듬어보니 내가 뭔가 철저히 계획하고 실행에 옮기려고 했던 시도는 언제나 실패로 끝났다. 아마 내가 계획을 세웠던 거의 유일한 일이 이민이었을 것이다. 오랫동안 계획하고 이민 준비를 차근차근 진행했다. 취업비자도 받고 필요한 영어 점수도 땄다. 꽤 높은 점수로 쉽게 영주권을 딸 수 있는 조건을 만들었는데 갑자기 문제가 생겨 이민 계획은 결국 수포로 돌아갔다.

돌아보니 계획했던 것을 이룬 건 없고 어쩌다 하게 된 수많은 것들이 내 삶의 궤적을 채웠다. 내가 열심히 노력해서 이룬 게 하나도 없는 것 같다. '누군가의 도움으로', '어쩌다 보니 연결되어서', '우연히', '하다 보니', '운이 좋아서' 등의 수식어가 많다.

솔직히 예전에는 이 모든 일의 중심에 내가 있다고 생각했다. 나의 뛰어남과 나의 기발함과 나의 당돌함과 나의 능력이 더해져 이 모든 것을 이뤄냈다고 생각했다. 돌아보니 그게 아니었다. 내가 한 것은 아무것도 없었다. 나는 그저 '어어어' 감탄사만 내뱉었을 뿐.

앞으로도 나는 '어어어'만 하고 싶다. 우연히, 누군가의 도움으로, 어쩌다 보니, 운이 좋아서…라는 신발을 신고 인생을 걷는 게 내 계획으로 이룬 것보다 더 값지고 귀하고 쉽다는 걸 깨달았기에.

내 꿈은 소박하다. 좋은 사람들과 밥 한 끼 먹을 때 망설임 없이 밥값을 지불할 수 있는 마음과 물질적 여유. 사실 큰 부자가 되고 싶은 욕심은 없다. 그런데 이것마저도 욕심인가 하는 생각이 들 때가 있다. 이 바람이 '소박'의 기준을 훌쩍 뛰어넘는 것일 수도 있지 않을까. 그래서 늘 내려놓고 또 내려놓는 연습을 한다.

요즘은 누군가에게 먼저 베풀면 어디선가 그만큼 채워지는 일이 생긴다. 여유로워 베푸는 게 아니라 베풀고 났더니 다시 채워져 모자람이 없는 것. 나눔과 채움의 순환이 이렇게만 되어도 내 꿈은 이뤄질 것 같다. 여유롭지는 않더라도 모자람 또한 없는 것이니까. 어쩌면 그것이 내가 추구해야 할 소박함일 수도.

#소박하지만 큰 꿈

3

나다움을
유지하면서

못 그리는 그림은 없어요,
덜 그린 그림만 있을 뿐

그림을 참 좋아하는데 그림에는 소질이 없다. 어렸을 때 미술대회에 나가 상을 받기도 했는데 지금 생각해 보면 대회에 출전하면 다 주는 상이었던 것 같기도 하다. 그래서 여유가 생기면 그림을 꼭 제대로 배워보고 싶다. 글은 문장이든 문단이든 읽는 데 시간이 걸리고 곱씹어보는 데도 시간이 필요하지만 그림은 뭐랄까, 한 순간에 누군가의 마음을 사로잡을 수 있는 강력한 힘이 있다고 생각해서다.

그림에 대한 열정은 아직 식지 않아 가끔 원데이 클래스에 참여한다. 최근에도 그림 수업을 들었는데 세검정에서 작업실을 하다가 납읍이라는 마을로 거주지를 옮긴 뒤 클래스를 여신 선생님이 하는 프로그램이었다. 첫 만남에서 나는 선생님에게 그림을 보는 것도 좋아하고 잘 그리고 싶은데 재능이 없는 것 같다고 이야기했더니 선생님이 말했다.

"못 그리는 그림은 없어요. 덜 그린 그림만 있을 뿐이죠."

짧은 말이었지만 강렬했다. 배우의 필모그라피를 들여다보는 관객처럼 과거부터 지금까지 내 삶을 훑어보니 나는 그림을 제대로 그려본 적이 없었다. 마음과 시간을 다해 그림 공부를 해보지 않았던 거다. 그림을 그리고 싶다는 마음만 늘 있었고 '나는 재능이 없어'라고 스스로 한계를 긋고 실제로 시도해본 적이 많지 않았다. 결국 나에게는 늘 덜 그린 그림만 있었고 '그림에

소질이 없다'고 생각하게 된 것이다.

살면서 이런 일이 얼마나 많았던가 생각해본다. 덜 해보고 노력도 하지 않고 내가 '소질 없음'이라는 수식을 붙인 것들이 얼마나 많을까. '덜 공부한' 공부, '덜 연주한' 피아노, '덜 해본' 요리 등 나는 작고 큰 꿈들을 얼마나 미루었을까. 굳이 1만 시간의 법칙이라는 거창한 수식어를 붙이지 않더라도 뭔가 하고 싶은 어떤 것에 진심을 담아 100시간을 투자해본 적도 거의 없는 것 같다. 그 꿈들이 있던 곳은 '재능 없음'의 폴더가 아니라 '덜 해봄'이라는 폴더였던 것이다.

그 폴더를 조심스럽게 열어 안에 무엇이 쌓여있는지 혹은 엉키어 있는지 살펴봐야겠다. 어쩌면 나의 시즌2를 기쁨으로 채워줄 '덜 해본 무엇'이 초롱초롱한 눈으로 나를 기다리고 있을지도 모르니까.

당신의 자리에서
꽃을 피우세요

우리는 상황이 원하는 대로 바뀌면, 나중에 이렇게 되면 뭘 할 거다, 라는 말을 자주 한다. 좋은 집으로 이사를 가면 예쁘게 꾸며야지, 돈이 좀 모이면 다른 사람을 도와야지, 남자친구가 생기면 거기 꼭 가봐야지, 좋은 회사로 이직하면 정말 성실히 일해야지, 이런 류의.

생각해보면 그런 일은 평생 일어나지 않을 수도 있다. 우리는 '나중에'라는 단어를 자주 입에 담지만 나중은 영영 오지 않을 수도 있기 때문이다. 이런 말을 할 때 '나중'은 '만약'과 같은 단어다. '만약 이런 일이 일어난다면'의 만약. 하지만 오늘 벌어질 일도 예측할 수 없기에 내일 일은 전혀 감을 잡을 수가 없다. 만약을 기다리다 생을 마감할지도 모른다. '만약' 이후에 하려고 하는 수많은 계획들은 모두 사라진다. 그러니 지금 있는 자리에서 할 수 있는 최선을 다하는 것, 나를 둘러싼 환경이 어떻든 간에 나는 내 할 일을 하는 것. 그것이 내가 지금, 오늘 해야 할 일이 아닐까?

Bloom where you're planted.
당신이 심겨 있는 자리에서 꽃을 피우세요.

우리는 늘 다른 땅을 부러워한다. 내가 서 있는 땅은 뭔가 부족하고 초라해 보인다. 하지만 내가 어디엔가 이미 심어져 있다면 내가 할 일은 뿌리를 잘 내리는 일이다. 멋진 정원에 심길 때를 기다리지 말자. 내 자리에서, 내가 뿌리를 내리고 있는 이곳에서, 내가 일하는 그 자리에서 꽃을 피우는 것이 나의 할 일이니까.

고양이에게서
배운다

바닷가 근처 마을에 살 때다. 버리려고 내놓은 쓰레기 봉투가 불규칙하게 찢어져 있고 전날 먹고 버린 닭뼈가 마당 여기저기에 널브러져 있었다. 무슨 일인가 싶어 마당을 찬찬히 살피니 몸집이 작은 고양이 한 마리가 눈치를 보며 구석에 숨어있었다.

이후로도 몇 번이나 그 고양이가 쓰레기봉투를 공략하는 바람에 해결책을 찾던 남편과 나는 아예 사료를 사다가 밥을 주기 시작했다. 다행히 고양이는 사료를 잘 먹었다. 그런데 말랐던 몸에 살이 제법 붙었을 무렵, 갑자기 고양이가 사라져버렸다. 사료를 채워두고 기다리다 고양이는 영역 동물이니까 다른 곳으로 갔겠거니 하고 잊기로 했다.

두어 달 지난 어느 날 오후, 집 옆 모래사장에서 꼬물거리는 생명체 군단이 우리 집을 향해 걸어오는 것을 목격했다. 저게 뭐지 하며 파악하려고 시력을 모으는 순간 낮은 돌담을 폴짝 뛰어 마당으로 줄줄이 넘어온 건, 우리 집에서 사료를 먹었던 고양이와 그녀의 새끼들이었다. 우리 집이 자기 집인냥 너무도 당당히 걸어 들어와 밥을 달라고 하는 바람에 우리는 엉겁결에 캣맘, 캣대디가 되었다.

아이들은 엄마와는 다르게 무척 잘 자랐다. 마당에 깔아놓은 데크 안으로 들어가 우다다를 하거나 돌담 위에 올라가 마을을 살피기도 했다. 어느 날은 브로콜리를 심어놓은 작은 화분 위에 몸을 웅크리고 있기도 했고 현관문이 열린 틈을 타 집안에 무단침입한 뒤 현관 신발장 속에 몸을 비집고 들어가 앉아 있었다.

그때부터일까. 나는 고양이를 가만히 바라보는 것이 좋았다. 작은 상자 안에 몸을 접어 들어가 있거나 갸르릉 소리를 낼 때, 시크한 척 내 다리에 털을 쓱 비비고 지나갈 때 가장 고양이다움을 느낀다.

그중에서도 가만히 엎드려 있다가 갑자기 팔을 뻗어 공기를 가르거나 웅크린 채로 있다가 순식간에 폴짝 뛰어오르는 모습은 봐도 봐도 신기하다. 그럴 때면 장 그르니에(Jean Grenier)의 말이 떠오른다.

짐승들의 세계는 온갖 침묵들과 도약들로 이루어져 있다.

삶은 침묵과 도약이 놓인 체스판 같은 것이다. 침묵과 도약은 반드시 공존하는데 우리는 침묵에 의연하지 못하다. 침묵은 원하지 않고 도약하기만을 바란다. 도약의 도약을 원하고 이어지는 침묵은 실패로 여긴다. 그래서 침묵하는 이들에게 이 시간은 지난하고 암울하다.

그럴 때는 고양이가 되어본다. 엎드려 웅크리고 있는 동안 자기 키를 몇 배나 훌쩍 넘을 만큼, 용수철처럼 점프할 에너지를 모으는 데 집중한다. 다른 고양이가 뛰든 말든 상관하지 않는다. 목표를 명중시키지 못해도 다시 웅크리고 다음 도약을 기다린다.

고양이에게서 남을 의식하지 않고 당당하게 사는 모습을 배운다. 액체설이 있을 정도로 유연한 고양이의 부드러움, 어디에 얹혀살더라도 자기가 주인인 양 당당한 자존감, 집사를 부릴 줄 아는 노하우. 모두 고양이에게서 배운다.

"언니는 요새 무슨 걱정해?"

후배가 물었다. 오랜만에 제주에 여행을 온 후배는 세상의 온갖 걱정을 다 짊어지고 사는 아이다.

"나? 걱정 안 하는데?"

망설임 없는 내 대답에 후배의 입에서 놀랍다는 탄성이 흘러나온다. 언니는 모든 이의 로망인 제주에 내려와 세상 편하게 걱정 하나 없이 사는구나, 라는 부러움에서 그랬을 것이다. "나라고 왜 걱정이 없겠어. 걱정한다고 해결될 수 있으면 걱정하겠지만 그렇지 않으니 감정 소모, 에너지 소모를 안 하는 거지"라고 말해주었다.

그렇다. 걱정거리가 없는 게 아니라 걱정을 하지 않는 것이다. 몇 번 사다 보면 어떤 물건은 쓸데없다는 걸 알아서 나중에는 사지 않게 되는 것들이 있다. 살다 보니 알겠다. 걱정도 딱 그렇다는 것을.

#걱정이 없는 게 아니라 안 하는 것

막 대할 수 있는 사람을
만나야 하는 이유

친구들과 함께 남자가 여자에게 잘해주는 것이 얼마나 중요한지에 대해 이야기를 나눈 적이 있다. 소개팅했던 사람이 생일날 케이크와 꽃다발을 세심하게 챙겨 보내주었고 그 따뜻함에 반해 결혼했다는 친구의 친구 이야기, 강남에서 경기도까지 출퇴근을 했는데 남자친구가 매일 데려다준 덕에 결혼을 했다는 친구 이야기….

그 자리에서 내린 결론은 '여자는 조금 막 대할 수 있는 남자와 살아야 한다. 그래야 인생이 편하다'였다. 예전에 친한 동생도 "언니, 여자는 남자한테 막 해도 돼"라고 한 적이 있다. 친구들과 이야기할 때도, 동생에게 이 이야기를 들었을 때도 '이 무슨 인간에 대한 예의를 갖추지 못한 막돼먹은 생각인가…' 했는데, 결혼하고 나니 그게 무슨 뜻이었는지 새삼 이해가 되었다.

그들이 말한 '막 대한다'의 진정한 의미는 있는 그대로의 나를 드러내도 전혀 흔들리지 않는 그런 사랑이 존재하고 그런 사람을 찾아야 한다는 뜻이었다. 사랑은 감정이 아니라 삶이라는 걸 그들은 이미 알고 있던 것이다.

나를 위해
'기꺼이 하다'

이충걸 작가의 책《아무도 알아주지 않는 우리의 특별함》에 이런 말이 있다.

대부분의 우리는 증명해야 할 것이 많은 삶을 산다. 만족하고 만족시켜야 한다는 강박으로 분투한다. (중략) 하지만 내가 행복하지 않다면 타인의 희망이 무슨 의미가 있단 말인가.

다른 사람을 만족시켜야 한다는 생각이 타인을 대하는 기저에 깔려 있다. 만족시키지는 못하더라도 적어도 욕은 먹지 말아야지. 하지만 기꺼움이 아닌 노력으로 어떤 행위를 함으로써 내가 행복하지 않고 스트레스를 짊어지게 된다면 다른 사람을 만족시키는 것이 무슨 의미가 있을까.

다른 사람을 만족시켜야 한다는 강박조차도 내려놓는다. 나는 백의의 천사 나이팅게일도 아니고 마더 테레사도 아니니까. 타인의 기쁨과 만족은 오롯이 나의 '기꺼이 함', 나의 행복에 근거한 '의지'에서 나올 때만 가능하다.

사람은 쉽게 변하지 않는다. 다른 사람에게 변화를 강요하는 것은 어리석은 일이다. 변화는 껍질을 깨고 나오는 아기 새의 탄생과 같은 것이다. 엄마 새는 아기 새가 잘 부화할 수 있도록 따뜻하게 감싸줄 수는 있지만 처음부터 부리로 껍질을 대신 깨어줄 수는 없다. 껍질을 부수고 나와야 하는 건, 막을 먼저 뚫어야 하는 건 아기 새다.

#변화는 내가 발을 내딛는 순간에 시작된다

평범하든
평범하지 않든

있는 듯 없는 듯 살다 사라지는 인생을 원하는 사람이 있을까? 호랑이는 가죽을, 사람은 이름을 남기고 싶어 하니까. 대부분은 다른 사람들보다 도드라지게 살아가기를 꿈꾸고 나의 다름을 다른 사람들이 부러워하길 바란다.

하지만 시간이 갈수록 가장 어려운 것이 평범하게 사는 일임을 깨닫는다. 요새 특히 그렇다. 평범함이, 일상적인 것들이 훨씬 더 소중한 것임을 알게 되었다.

무시하고 당연하게 생각했던 것들이 이렇게 삶을 송두리째 흔들어놓을 줄이야.

영화 〈거북이는 의외로 빨리 헤엄친다〉의 주인공은 평범한 주부다. 늘 따분하고 지루한 삶을 살아오던 그녀는 우연히 스파이 모집 광고를 보게 되고 면접 자리에서 바로 스카웃 되어 지령을 받는다.

그녀가 맡은 임무는 최대한 다른 사람들의 눈에 띄지 않게 평범하게 행동하는 것. 그때부터 의미 없이 흘러가던 보통의 일상이 스파이로서의 중요한 임무를 완수하는 특별한 날이 된다.

나는 이 영화에서 존재감이 없는 사람이 되어야 하는 게 임무라는 설정이 매우 신선했다. 슈퍼마켓에 가도 최대한 평범한 걸 사야 하고, 무엇을 하더라도 사람들의 눈에 띄면 안 된다. 영화를 보면서 이런 생각의 반전에 놀랐다. 우리는 남들 눈에 띄는 삶을 살고 어떻게든 존재감을 드러내기 위해 열심을 다해야 한다고 배웠으니까.

늘 무언가가 되려고 삶을 불태우듯 노력하며 살지만 결국 끝에 가서 남는 건 별로 없지 않았던가. 평범하든 평범하지 않든 나다움을 유지하면서 일상을 소중하게 살아내는 것이 가장 의미 있는 일 같다.

나는 일희만
할래요

"우리 일희일비하지 말고 평온하고 대범하게 살아
요."

A가 말하자 모두 고개를 끄덕였다.
그러자 B는 명랑하게 말했다.

"나는 '일희'만 할래요."

순간의 정적.

나는 여태 왜 그런 생각을 못했을까.
일비는 하지 말고 일희만 하자.

"일희만 하고 살자!"

남은 후반전의 좌우명으로 삼고 싶다.

"좋은 사람도 때로는 나쁘고 때로는 좋다."

플라톤의 말이다.

나는 가끔 좋다가 가끔 나쁘기도 하니 좋은 사람이다.

그렇게 생각하니 세상에는 좋은 사람이 참 많다.

#좋은 사람을 분별하는 기준

비교라는 독을
마시지 마라

"누가 누가 제일 이상하지?"

제주에 자리를 잡은 후 자주 만나는 사람들이 있다. 그중에는 제주에서 태어난 토박이 부부도 있고, 우리처럼 육지에서 내려와 제주에 터를 잡고 사는 이주민 부부, 외국에서 제주로 와서 사는 부부도 있다.

타지에서 살다 제주에 와서 사는 사람들은 기본적으로 '특이함'이 있다. 직장이나 사업 때문에 서울로 거주지를 옮긴 사람들과는 다르다. 다른 사람들보다는 조금 더 생각이 자유롭고 뭔가에 얽매이지 않는다. '쌈마이웨이' 정신이 없으면 섬에 내려와 사는 것이 쉬울 리가 없기 때문이다.

하루는 다섯 커플이 모여 놀다가 '이 중에서 누가 제일 독특하다고 생각하는지' 순위를 매겨보자고 했다. 누가 가장 평범하지 않고 특이한지를 가늠해보는 놀이였다. 순서가 돌아가자 각자 이름을 댔다. 어떤 이들은 서로 자기가 1등이라고 우겼다. 나도 상위권에 들기를 바랐다. 나에게도 평범하다는 소리는 재미없는 사람이라는 말로 들리기 때문이다.

"내가 제일 이상해. 내가 제일 특이하잖아."

누가 제일 이상한지를 꼽는 자리에서 서로 자기라고 하는 게 너무 웃겨 우리는 박장대소했다. 역시 특이한 사람들이야, 하면서.

누군가에게 평범함은 견딜 수 없는 덕목이기도 하

다. 무난하고 평범한 게 제일 좋은 것이라고 하지만 어떤 사람들에게는 눈에 띄지 않는 게 싫은 걸 어쩌란 말인가. 모두가 왼쪽으로 갈 때 혼자 오른쪽으로 가고 싶은 사람들이고, 남들이 질주할 때 그저 멈춰 서서 노래를 부르고 싶은 사람들인데 말이다. 그곳에 모인 사람들도 그렇게 개성이 강한 사람들이었다.

누군가 나에게 이런 말을 해준 적이 있다. 내 안에는 상당히 독특하고 특별한 DNA가 있다고. 때문에 나의 인생도 상당히 독특하고 특별할 것이라고 했다. 이런 말도 덧붙였다. 나에게 가장 치명적인 것은 '비교하는 마음'이라고. 비교하기 시작하면 나에게 독이 되고 나의 독특함은 상처를 받아 주눅이 들게 될 것이라고 했다. 그래서인지, 아니면 원래 그런지 몰라도 나는 남과 비교를 잘 하지 않는다. 그래서 주눅도 잘 들지 않는다. 그저 지금 있는 그대로의 나를 사랑하고 주어진 것에 감사하고 살 뿐이다.

그 자리에 모인 대부분이 본인이 독특하다고 여겼듯

이 세상에 태어난 이들은 모두 특별하다. 각자 다른 DNA를 갖고 있고 한 사람 한 사람의 외형과 마음의 생김새도 다 다르다. 그래서 비교라는 독을 마시지 말라고 했던 말은 나뿐만 아니라 모든 이들에게 적용된다. 그 독을 마시는 순간, 우리의 독특함은 상처를 받고 우리의 영혼은 죽어가게 될 테니까.

가끔 또라이로
살아도 괜찮아

지인이 병원에 입원했다. 술을 너무 많이 마시고 다니다 사고를 당했다. 소식을 들은 그의 절친이 속상해하며 말했다.

"걔가 너무 착해서 그래. 화가 나고 열이 받으면 어떻게든 풀어야 하는데. 상대에게 그걸 풀지 못하니까, 다르게 풀 방법이 없으니까 자기 자신에게 해코지를 하는 거지. 술을 들이부어서 자기 몸을 망쳐버리는 거라고."

눈빛마저 선하고 착한 사람인데 알코올에 삶을 빼앗긴 것 같아 이야기를 듣는 내내 마음이 좋지 않았다.

나쁜 사람은 남한테 해코지를 하지만 착한 사람은 그걸 하지 못해서 술로 몸을 망가트리거나 우울을 깊이 안아 자기 자신에게 상처를 내고 해코지하는 것으로 방향을 돌린다. 그래서 차라리 나쁜 사람이 되는 게 더 나을 수도 있다. 누군가에게 서운한 게 있으면 그 자리에서 표현하고 욕하고 싶으면 욕하고 관계를 끊고 싶으면 끊고.

나는 다른 사람에게 해코지도 못하지만 나에게 해코지를 하는 건 더더욱 할 수 없다. 그래서 가끔, 아주 가끔 또라이 짓을 한다. 남에게 해가 되지 않을 정도로. 그러다 보면 스트레스도 풀리는데 그런 내가 내심 마음에 드는 걸 보면 나는 정말 또라이가 아닐까 생각한다.

세상에 헛된 사랑은 없다

자칭 짝사랑 전문가라 말하는 친한 동생이 말했다.

"짝사랑이 좋은 건 나만 멈추면 끝난다는 거예요. 그 사람은 나에게 먼저 다가오는 사람이 아니니까, 늘 그 사람에게 손 내밀고 다가간 건 나였으니까, 그 사람은 나에게 어떤 노력도 하지 않으니까, 그저 내가 그 사람을 너무 좋아한다는 것밖에 없으니까. 이 모든 고통에서 벗어나는 열쇠는 결국 내가 쥐고 있었어요. 나만 멈추면 끝나는 일이었어요. 멈추면 내가 행복해지는 거였어요. 너무 간단한 걸, 난 그걸 몰랐어요."

남녀관계든 인간관계든 일방적인 관계는 결국 흩어지게 되어 있다. 산도 그렇지 않나. 히말라야나 에베레스트 같은 산은 산이 허락해야만 들어갈 수 있다고. 내가 아무리 산을 좋아하고 세계 최고봉을 오른 산악인이라고 해도 상대가 나를 받아주지 않으면 그 사랑은 이뤄지지 않는다.

일도 그렇다. 그 일이 나를 품을 준비가 되지 않았다면 내가 아무리 일방적으로 좋아한다고 하더라도 연결되지 않는다. 짝사랑하는 사람만 애가 닳는다. 나는 연예인들을 많이 접하는 직업을 갖고 있어서 이런 경우를 수없이 많이 봐왔다. 수십 년 그 사랑을 포기하지 못하고 계속 매달린다면 기다림의 시간은 그에게도, 주변 사람들에게도 고통밖에 되지 않는다.

짝사랑이 헛되이 끝나버리는 것은 사랑 자체가 헛되

어서가 아니다. 세상에 헛된 사랑은 없다. 대상을 잘못 선택했을 뿐이다.

일이든 사람이든 나만 일방적으로 사랑하는 것처럼 느껴진다면, 늘 나만 가슴 졸이고 안달이 나 있다면 한 번쯤 멈춰 서서 돌아보면 어떨까. 내 사랑이 나의 맹목적인 욕심에서 비롯된 건 아닌지. 나에게 부족한 무언가를 채우기 위한 수단으로 여기고 있는 건 아닌지 가늠해볼 수 있게 말이다.

사랑은 무한하지만 사람은 유한하다. 우리는 시간의 한계에 갇혀 있다. 되돌아오지 않는 사랑에 힘들어하고 있다면 잠시 멈춰 서보자. 나의 방향이 잘못되지 않았는지 주위를 돌아보자. 분명 나의 관심과 사랑을 기다리고 있는 무언가를 발견하게 될 것이다.

#멈춰야 보이는 것들

내가 원하지 않는 곳에 있으면 잡초죠

밭을 정원으로 만들어 가꾼 뒤 사계절을 보내고 다시 맞은 봄. 정원에는 작년에 꽃을 피우고 사라진 일년초의 씨앗이 여기저기에서 발아하기 시작했다. 가드닝 수업 당시 선생님이 일년초의 모종 때 모습을 반드시 기억하라고 했던 게 생각났다. 정원에서 자라고 있는 잡초와 화초의 새싹을 가려서 잡초만 뽑아내야 하는데 모종 잎의 모양을 기억하지 못하면 꽃 새싹을 다 뽑아 버릴 수도 있기 때문이다.

우리 집 정원에는 20여 가지 꽃을 심었는데 다행히 모종의 모습이 모두 기억나 잡초를 가려내어 뽑는 건 어렵지 않았다. 문제는 정원 통로에 자갈을 두껍게 깔아놓았는데 거기까지 날아가 발아한 씨앗이었다. 안개꽃처럼 풍성한 하얀 아미초와 노란 딜이 자갈 사이에서 자라 정원의 통로를 막고 있었다. 씨앗의 생명력이 얼마나 강한지 여기저기 돌 틈에서 싹을 틔워 키가 쑥쑥 자랐다.

다발로 묶어놓으면 소담하고 몽환적이어서 내가 좋아하는 꽃이기도 하고, 척박한 환경에서 어렵사리 뿌리를 내린 씨앗이 기특해 뽑을까 말까 계속 고민하는 사이 식물들의 키는 점점 더 자랐다.

몇 주를 고민하다 오랜만에 만난 가드닝 선생님에게 물었다. 통로 자갈밭에 뿌리를 내린 꽃들은 어떻게 해야 하냐고. 선생님이 말했다.

"뭘 고민하세요. 내가 원하지 않는 곳에 있으면 잡초죠."

내가 원하지 않는 장소, 내가 심지 않은 곳에 뿌리를 내린 식물은 잡초다. 아무리 예쁜 꽃이어도 오가는 길에 밟힐 수도 있고, 뿌리를 깊이 내리지 못해 죽을 수도 있어 결국 뽑아야 하는 운명인 것이다.

답을 얻은 나는 그길로 집에 달려왔다. 그 기준으로 정원을 정리하니 훨씬 깔끔하고 단정해 보였다. 꽃이 아까워 쉽게 뽑아내지 못했는데 막상 뽑고 나니 정말 잘했다는 생각이 들었다.

뽑아내고 잘라내거나 정리하는 일에는 언제나 감정적 망설임이 있다. 행위의 주체인 나라는 사람을 타인이 혹은 나 자신이 무정하거나 차가운 사람으로 보지 않을까 하는 두려움이 생겨서다. 하지만 사소한 감정에 매여 제때 정리를 하지 못하면 보행로가 구분되지 않은 정원처럼 걷기 힘들어지고 결국 정원 전체가 망가진다.

인생도 그렇다. 싹이 튼 씨앗이더라도 뽑을 건 뽑아내고 잘 가꾸어 감상해야 할 것들을 구분하지 않으면 아무리 예쁜 꽃이라 해도 덩굴처럼 엉켜버리고 전체가 망가진다.

아름다운 인생의 정원을 즐기려면 비록 그것이 꽃이라도 뽑아야 한다. 내가 심은 곳에 있는지, 내가 원하는 곳에 있는지 아닌지 살펴본 뒤에 말이다. 단순하고 단정하게. 인생의 정원을 어떻게 가꾸어야 하는지 답을 찾았다.

4

되도록 가볍게
조금 더
유연하게

지구에서 꽃 한 송이를 꺾으면
가장 먼 별이 움직인다

인문학 수업 시간에 선생님이 물었다.

"여러분, 중력이란 무엇일까요?"

물체와 물체가 서로 끌어당기는 힘? 사과가 땅으로 떨어지는 것? 학생들이 답을 찾느라 여기저기서 소곤 댔다.

그러자 선생님이 말했다.

"지구에서 꽃 한 송이를 꺾으면 우주의 가장 먼 별이 움직이는 게 중력이에요."

양자역학을 탄생시킨 폴 디랙(Paul Dirac)이라는 과학자가 한 말이라고 했다. 내가 들어본 중력을 설명하는 말 중 가장 로맨틱한 말이었다. 지구에서 내가 꽃을 한 송이 꺾을 때 우주의 별이 움직인다니. 나의 몸짓 하나에도 어떤 별이 움직일 수 있다니. 설렜다.

어쩌면 누군가의 죽음을 두고 '별이 졌다'고 표현하는 것이 과학적으로 가능한 일일 수도 있겠다는 생각이 들었다. 꽃 한 송이 꺾는 일이 별을 움직인다면 누군가 이 땅에서 사라질 때 정말 별 하나가 사라질 수도 있으니까. 혼자라고 생각될 때, 세상에 오직 나 혼자 남겨진 느낌이 들 때 이 말을 꼭 기억했으면 좋겠다. 내가 사라지면 우주의 어떤 별이 사라질 수도 있다고. 나는 그렇게 누군가와 단단히 연결되어 있다고. 나는 그만큼 큰 무게와 의미를 가진 사람이며 절대 혼자가 아니라는 것을 말이다.

시련에 웃으며
대처하는 법

제주에서 2주 동안 휴가를 보내러 온다던 친구가 병원
에 입원했다는 소식을 들었다. 문자로 큰일은 아니라
고 했지만 걱정이 되어 전화를 했다.

"나 중성화 수술했어."

친구는 담담한 목소리로 자궁에 근종이 있었는데 갑
자기 커지는 바람에 몸에 무리가 와 자궁적출 수술을

받았다고 했다. 함께 병원에 있던 사람들이 '어떻게 하냐'며 눈물을 글썽거리고 세상이 무너지는 듯한 반응을 보이더라며 유쾌한 목소리로 중성화 수술을 했으니 이제 자기 강아지와 똑같은 신세라고 말했다.

내 몸의 일부를 들어내는 일은 쉽지 않은 결정이다. 게다가 자궁이라니. 하지만 친구는 달랐다. 인생의 큰 변화에 대해 쿨하게 반응했고 솔직했다.

나에게 일어난 일을 어떻게 받아들이느냐는 전적으로 나의 태도에 달려있다. 어쩔 수 없는 선택이었다 해도 상처받고 내내 힘들어할 수도 있었던 일을 유쾌하게 얘기해주는 친구를 보면서 역시 이 친구는 다르구나 싶었다. 물론 친구가 힘든 결정을 하고선 슬퍼했는지, 우울해했는지, 그 과정에서 얼마나 많은 고민을 했는지는 알 수 없다. 하지만 그 모든 시간을 겪은 뒤 상황을 표현하는 방식이 긍정적이라 나는 무척이나 안심했고 또 감동했다.

자신의 변화에 대해 명쾌하게 이야기해주니 나도 위로의 말을 어떻게 전해야 하는지에 혼란스럽지 않았다. 나는 과거에 수술했던 이야기를 친구에게 해주며 잠시 수다를 떨고 전화를 끊었다.

예전에 수술을 결정할 때 의사인 지인에게 조언을 구했던 적이 있다. 당시 개복 수술을 하고 싶지 않아 조금 어렵더라도 복강경 수술을 하는 것이 어떨까 고민하고 있었다. 그런데 의사가 굉장히 쿨하게 조언해주었다.

"개복이 좋아요. 그게 깔끔하고 안전해요."

자기도 개복해서 수술을 했다며 내가 걱정하는 점에 대해 자세히 설명해주었다. 그의 말을 듣고선 마음에 있던 엄청난 부담감이 확 사라졌다. 사실 살면서 수술대 위에 눕는 일이 그리 많지 않으니 무섭고 큰 부담이 된다. 하지만 수술이 일상인 의사에게 솔직한 이야기를 들으니 안심이 되었다.

이런 일들을 내가 직접 겪든 주위 사람들이 겪든 한 번, 두 번 늘어나니 세상 무너지는 큰일로 생각했던 것도 '그러려니' 하고 넘어가고, 예전이면 크게 마음 상할 일도 마음이 따끔하고 마는 경우도 생긴다. 인생에서 벌어지는 일들에 대해 생각만큼 심각하게 반응하지 않아도 된다는 것을 조금씩 터득했기 때문일 수도 있다. 어쩌면 모두가 비슷한 무게의 짐을 지고, 문제들을 겪으며 또 풀어나가며 산다는 것을 어렴풋이나마 인지하게 됐기 때문일 수도 있다. 그래서 나는 친구의 한마디가 큰 위로가 되었다. 어떤 상황이 오든, 무슨 일을 겪든 저런 태도로 살면 되겠구나. 되도록 가볍게, 조금 더 긍정적으로 말이다.

마음의 병이든 몸의 병이든 병이 오는 것은 병의 일이고 이기고 지는 것은 사람의 일이다. 이 둘을 분리하면 대응이 좀 더 쉬워진다. 병이 어떻게 찾아왔든 내가 할 일은 내보내는 일이다. 이기려고 애쓰는 일이다. 몸의 병이든 마음의 병이든 나는 이기기 위해 애쓰고 이겨내면 된다.

#병의 일과 사람의 일

신이 계시니
큰 문제는 아니지요

친구들과 이스라엘을 여행하던 중이었다. 머물던 숙소의 주인은 소년처럼 맑은 미소를 지닌 사람이었는데 테라스에 앉아 있는 걸 좋아하는 듯했다. 담장 너머까지 키가 자란 이름 모를 빨간 꽃이 햇살을 한껏 받는 시간이면 주인은 테라스에 앉아 차를 마시거나 디저트를 즐겼다.

오가는 길에 주인을 만나면 늘 즐거웠다. 어쩌면 그렇게 기분 좋은 미소를 지녔는지 몰래 사진이라도 찍어놓고 싶을 정도였다.

숙소에 머물던 이틀째였던가, 우리 일행은 일정을 의논하던 중에 다음 여정에 머무를 숙소에 문제가 생겼다는 걸 알게 됐다. 놀란 마음으로 테라스에 앉아 어떻게 해결할지 이야기하고 있는데 잠시 우리를 살펴보던 주인이 다가와 물었다.

"무슨 일이 생겼나요?"

예약해둔 숙소에 문제가 생겨 다른 숙소를 알아봐야 한다고 걱정하자 주인이 말했다.

"신이 계시니 큰 문제는 아니지요."

그가 숙소 문제를 해결해준 것도 아니었고 기발한 아이디어를 준 것도 아니었다. 그런데 그 한마디에 우리 모두의 마음에 평화가 임했다고 할까? 그가 그렇게 말하니 정말 큰 문제가 아닌 것처럼 갑자기 모든 상황이 너

그렇게 느껴졌다. 소년의 미소를 지닌 아저씨를 통해 천사의 말을 들은 듯 부산스럽던 마음이 안정됐다.

그렇다면 뭐, 다른 숙소를 찾으면 되지. 사라졌던 여유가 그의 한마디에 다시 돌아왔다.

아주 천천히 움직여도
재촉하지 말아요

새로 계좌를 개설할 일이 있어 은행에 들렀다. 마침 그날은 월요일이라 생각보다 사람이 많았다. 요즘 은행을 찾는 주 고객은 나이 지긋한 어른들이다. 모바일 뱅킹을 더 많이 사용해 은행에 갈 일이 거의 없는 나 같은 사람들이 많아서일 것이다.

나는 24번 번호표를 뽑고 기다렸다. 동네 은행이라 손님이 들어오면 직원들은 알은체를 했고, 어떤 손님은 직원들에게 다가가 이번 귤 농사가 어땠고 옆집 누가 취직을 했다더라, 는 식의 인사가 오갔다.

　어느덧 네 명의 대기인이 지나가고 직원은 23번을 호출했다.

　"23번 손님 계세요?"

　아무도 답을 하지 않았다. 거의 30분 정도를 기다린 터라 나는 내심 23번 손님을 패스하고 24번 손님을 불러주길 기다렸다. 다시 직원의 외침이 들렸다.

　"23번 손님 계세요?!"

　이번에는 목소리가 좀 더 커졌다. 대답이 없자 옆에 있던 남자 직원이 소리쳤다.

　"23번 손님!!"

　이번에도 역시 아무도 대답하지 않았다. 나는 주섬

주섬 가방을 들고 창구에 가 앉으려고 했다. 손님을 부르던 직원은 급기야 자리에서 일어나 고객들이 기다리는 소파 쪽으로 다가왔다.

"23번 손님! 23번 고객님!"

은행을 가로지르며 애타게 손님을 찾았다. 그러자 한 할아버지가 고개를 돌렸다. 직원은 예닐곱 번의 외침 끝에 23번 고객을 찾아 모시고 창구로 갔다. 나는 또 기다려야 했다.

그날따라 복잡한 업무들이 많았는지 번호는 거기에서 멈췄다. 내 앞의 23번 할아버지는 송금하는 단순 업무라 다행히 일이 빨리 끝났다. 다음은 내 차례였다. 그런데 할아버지는 의자에서 일어서지 않았다. 2분 정도를 계속 앉아계시자 나는 할아버지가 왜 일어나지 않는지 뚫어지게 쳐다봤다. 사실 나는 이미 조급할 대로 조급해져 있었다. 약속 시간이 10분이나 지나 있었기 때문이다.

그러다가 창구에서 일어서지 않고 있던 할아버지의 손을 봤다. 할아버지는 덜덜 떨리는 손으로 통장을 잡아 주머니에 넣고 계셨다. 통장이 창구에서 주머니로 들어가기까지 1분이 걸렸다. 그 힘겨운 임무를 마치고 나서야 할아버지는 의자에서 일어나셨다. 물론 아주아주 느린 속도로. 갑자기 눈물이 핑 돌았다.

이유는 모르겠다. 젊다고 마음으로 채근한 내가 부끄러웠을 수도 있고 할아버지의 혼신을 다한 움직임이 애틋해서였을 수도 있다. 나에게는 아무것도 아닌 행동이 누군가에게는 어려운 일인 것을 목격해서였을 수도 있다. 어쩌면 가까운 미래에 놓인 아빠의, 사랑하는 사람들의 모습을 본 것이라는 추측이 가장 근접한 답일지도.

다른 사람이 나에게 이래라저래라 하는 것을 좋아하지 않는다. 하지만 무슨 말을 하는지는 일단 듣는다. 그리고 수긍할 수 있는 것인지 아닌지 판단한다. 대부분 수긍하지 않지만 가끔 상대의 말이 맞을 때가 있다. 나의 생각보다 더 나은 생각을 말해줄 때는 그 의견을 따르려고 노력한다. 내 의견을 잘 굽히지 않지만 굽혀야 한다고 판단하면 곧장 내 뜻을 접는다.

그렇게 살려고 노력하다 보니 좋은 점도 있다. 나도 남에게 이래라저래라 말하지 않게 된다. 그 사람은 듣지 않을 것이기 때문이다. 시간이 지날수록 삶이 단순하고 쉬워진다.

#나이가 들수록 삶이 쉬워지는 이유

심각하게 생각하지 마.
그러면 버티기 힘들어

인생에 벌어지는 일들은 크기에 상관없이 순간적으로 우리를 멈추게 한다. 가던 길을 멈추고, 하던 일을 멈추고, 삶을 멈추고 그 사건이 우리의 삶을 얼마나 위협하는지 가늠해본다.

먼 친척의 투병 소식처럼 처음엔 놀라고 안타까워하지만 시간이 지나면 그렇구나 하게 되는 일도 있고, 연인과의 이별처럼 충격을 받지만 다시 훌훌 털고 일상을 살게 되는 일도 있다. 물론 오랫동안 함께한 반려동

물의 죽음처럼 긴 시간 동안 두고두고 우리를 힘들게 하는 일도 있다.

어떤 사건이 나에게 미치는 영향은 그 일이 나와 얼마나 밀접하게 연결되어 있느냐에 따라 다르다. 다른 사람의 일은 일정한 시간이 지나면 나의 관심에서 멀어지기 때문에 마음이 그 다음으로 넘어가기가 그리 어렵지 않다. 하지만 나에게 직접적으로 벌어진 일은 다르다. 나 자신에게 벌어진 일은 아픔과 충격이 쉽게 가시지 않는다. 그래서 나에게 벌어진 일에 대해 다루는 법을 연습해두지 않으면 멈춰 있는 시간이 길어지고, 그 시간들이 무의미한 진공 상태가 되어 마음과 몸이 지치고 힘들어지고 만다.

투병 중인 엄마를 둔 친구가 이렇게 말한 적이 있다.

"심각하게 생각하면 안 돼, 그러면 버티기 힘들어."

나에게 어떤 일이 벌어지든 그걸 심각하게 받아들이지 말 것. 물론 그렇다고 인생을 가볍게 여기라는 이야기는 아니었다. 하지만 너무 깊게 마음을 담아 오랫동안 문제에 머무르다 보면 그 생각에만 에너지를 쏟게 되고 시간을 허비하게 되며 결국 버티는 데 실패한다는 의미였다.

나에게 어떤 일이 벌어졌을 때, 또 나와 아주 가까운 사람에게 어떤 문제가 생기면 친구의 말을 떠올리곤 한다. 너무 심각하게 생각하지 말 것. 누군가의 이야기처럼 인생은 소풍이고 그렇게 생각하면 버티기 힘들 정도로 심각한 건 아무것도 없으니까. 그렇게 조금씩 삶을 버티는 에너지를 저장해두면 '가까스로'가 아니라 '유연하게' 버틸 수 있게 되지 않을까. 그렇게 버티다 보면 힘주어 버티지 않아도 잘 살아지는 날이 오지 않을까.

어른이 되어도 사람들에게는 파도가 밀려오면 뒤로 물러서던 어린아이의 두려움이 발자국처럼 남아있다. 그런 사람들에게 파도를 마주하고 즐기는 서퍼들의 모습은 그저 생동감 넘치는 해변 풍경일 뿐이다.

#인생의 파도가 밀려올 때

아프지만 확실한
변화의 계기

"대충 미움받고 확실하게 사랑받으면 된대."

친구가 말했다. 하지만 내 생각은 달랐다. 나는 사랑도 확실히 받아야 하지만 미움도 확실히 받아야 한다고 믿는 편이다. 그래야 나를 들여다보며 다른 사람이 불편해하는 내 문제가 무엇인지 알 수 있다. 그리고 이것은 내가 조금 더 성장할 수 있는 계기가 된다. 물론 이유 없이 미움받는 건 빼고 말이다.

대충 미움받으면 나에게 어떤 문제가 있는지 영원히 알 수 없다. 인생은 편해질지 몰라도 내면의 나는 엉망으로 끝날지 모른다. 처음에는 아프겠지만 다른 사람을 힘들게 하는 나의 그 지점이 무엇인지 알 수 있다면 그것만큼 좋은 변화의 계기도 없다.

그것이 상대의 문제라면 미움받는 것에 대해 상관하지 않으면 그뿐이고, 나의 문제라면 그 문제를 고쳐볼 기회가 생기는 것이다. 단, 어제보다 더 좋은 사람이 되고 싶다는 마음이 있어야 가능한 일이다.

말솜씨가 유려하거나 어떤 상황에서든 넉살 좋고 유들유들하게 대처하는 사람을 두고 우리는 닳고 닳았다는 표현을 쓰곤 한다. 나는 가끔 내가 사람과의 관계에서 모난 부분이 드러날 때, 그래서 나 스스로에게 실망하거나 좌절하는 일이 생기면 이런 생각을 한다. 닳고 닳은 사람과 모난 사람, 이 둘 중 하나를 택해야 한다면 무엇을 택할 것인가.

아직까지 결론은 하나다. 능글맞게 닳고 닳은 것보다는 모난 것이 더 좋다. 그렇게 나의 모남은 위안이 된다.

#나는 모가 난 사람이에요

우정에 멈춤이
필요한 순간

오랜 친구와 연락을 끊었다. 절교인 셈이다. 중·고등학교 시절에는 친구와 싸우거나 멀어질라치면 마치 인생이 끝난 것처럼 서운하거나 분했다. 하지만 살다 보니 인생은 수많은 절교의 연속이라는 것을 알게 됐다. 인연이 뚝 끊어지는 절교도 있지만 자연스러운 절교도 많았다. 전학이나 이사를 가거나 회사를 옮기는 등 이런 저런 이유로 인연이 단절되는 경우가 많으니까.

관계가 그렇게 매듭지어지고 잘라질 수 있다는 사실

에 집중하다 보면 처음에는 큰일처럼 느껴진다. 어떤 관계는 끝나면 많은 관계들이 연이어 흐트러진다. 이 사람과 친한 그 사람도 나에 대해 부정적인 생각을 갖겠지, 이 사람과 잘 아는 저 사람과의 관계도 소원해지겠지, 하는 생각을 하게 된다. 하지만 살아가는 것이 모두 인연 만들기와 절교의 짜깁기라는 걸 깨달으면 그다지 심각하게 생각할 일이 아니라는 것도 알게 된다. 그리고 그렇게 정리되는 주변 사람과의 관계도 딱히 중요하지 않다는 것도 경험하게 된다.

대신 절교하는 방법은 고민할 필요가 있다. 자칫 서로에게 상처로 남을 수 있기 때문이다. 힘주어 뜯어내는 게 아니라 말끔히 잘라내야 상처도 잘 아문다. 해야 할 때는 아프더라도 조금 대범하게.

서서히 연락을 줄이는 것이 소프트랜딩에 가깝다면 미련 없이 아예 연락을 끊어버리는 것은 하드랜딩이다. 가끔 하드랜딩이 필요할 때가 있다. 특히 나에게 좋은 영향을 주는 사람이 아니라면 그런 관계에 끌려다닐 필요는 없다.

내 문제만으로도 삶은 복잡하다. 그러니 인간관계에 대한 문제는 늘 간결해야 한다. 나는 아주 오랜만에 친구에게 절교를 당한 것이었는데 막상 연이 끊어지고 나니 날아갈 것 같았다. 서로에게 긍정적인 관계가 아니었다는 증거다. 이제는 서로에게 긍정적인 영향을 주는 좋은 관계만 유지하고 싶다. 무너져버린 관계를 애써 부여잡고 방향을 돌리려고 애쓰지도 않는다. 이런 상황에선 나의 진심을 상대가 알아줄 리 없고 상대의 진심도 내가 알 수 없기 때문이다.

고등학교 때 일기장을 들춰보다 두 명의 다른 친구와 절교한 이야기가 나왔다. 뭐가 안 맞았는지 어디서 토라졌는지 도통 모르겠다는 내 일기장에는 상황을 지켜본 다른 친구가 건네준 위로의 말이 있었다.

"절교해도 괜찮아."

그녀의 말은 진심이었다.

셰익스피어는 말했다.

"세상에는 좋고 나쁜 것이 없다. 우리 생각이 그렇게 만들 뿐이다."

좋은 사람도 없고 나쁜 사람도 없다. 그 사람에 대해 내가 갖고 있는 생각이 그 사람을 좋다고 혹은 나쁘다고 정의하는 것이다. 다만 항상 명심할 것은 나의 '생각'은 틀릴 수 있다는 것. 그러니 이효리의 말은 옳다.

#좋은 사람 나쁜 사람이 어디 있어
그냥 나랑 맞는 사람 안 맞는 사람이 있는 거지

마침표를
잘 찍어야 해요

인생의 명쾌한 순간은 늘 찰나적이다. 어느 날, 지인과 함께 어떤 문서를 검토하던 중이었다. 수정할 부분은 없는지, 더 보탤 말은 없는지 살펴보다 내가 말했다.

"여기 마침표가 몇 개 빠져 있어."

내 얘기에 지인은 이렇게 덧붙였다.

"마침표를 잘 찍어야 해요. 그래야 다른 사람이 중간에서 멈칫하지 않거든요."

나의 멈춤 혹은 일시정지가 나에게만 영향을 미치는게 아니라 다른 사람에게도 어떤 신호를 줄 수 있다. 모르고 실수로, 때로는 의미 없이 찍은 마침표에 나도 멈칫해본 기억이 있다. 이게 끝은 아닌 것 같은데 앞 사람은 왜 이곳에서 멈췄을까, 고민하며 멈춰 섰던 그 지점. 돌아갈까 더 가볼까 깊은 고뇌 속에서 때로는 돌아서고 때로는 더 걸어가 보았던 그 지점.

마침표를 잘 찍기. 누군가 갔던 길이나 눈에 보이는 길을 가기보다 새로운 길을 만들며 나아가야 하는 사람에게는 더욱 그렇게 느껴진다.

세상에 매력적인 사람은 많다. 상대의 불안해 보이는 어떤 지점이 그의 매력이 더해지고 증폭되는 곳이라면 결국 그 끝은 까마득한 절벽이 될 가능성이 많다.

절벽 끝에 온 것 같아 한 발짝 뒤로 물러나 그를 보았다. 이 대로라면 평생 외롭겠다는 생각이 들었다. 위험하게 느껴지기도 했다. 감정보다는 본능이 나를 붙들었다. 그게 내가 돌아 나온 지점이었다.

#내가 돌아 나온 지점

한 번뿐인
인생이니까

아는 사람이 약을 먹어야 하나, 고민하고 있었다. 원인은 우울증이었다. 우울증의 뿌리가 얼마나 깊고 잔인한 것인지 나는 잘 모른다. 병리학적인 지식도 없다. 하지만 우울증을 아예 모른다고 할 수는 없다. 가끔씩 나도 지독한 우울감에 빠질 때가 있으니까.

그럴 때 내가 가장 먼저 하는 일은 단순해지는 것이다. 일단 이 우울이 어디에서 기인했는지 살펴본다. 다른 사람과의 관계나 사건에 의해서인지, 내면의 문제인지 혹은 호르몬 때문인지. PMS 같은 여성 호르몬 때문이라면 대부분 무시하는 편이다. 생리 주기에 따라 감정이 들쑥날쑥하는 것을 수십 년 동안 경험했기에. 그럴 때는 그냥 하고 싶은 걸 하거나 먹고 싶은 걸 먹고 빨리 자는 쪽을 택한다. 가끔은 PMS가 아닌 경우에도 '생리전 증후군'이라 단정짓고 유쾌한 TV 프로그램을 본 뒤 자버린다. 이상하게도 다음날이면 괜찮아지는 때가 많다.

　타인과의 관계나 어떤 사건 때문에 우울함이 오는 경우는 문제를 좀 더 깊이 들여다본다. 내 문제라면 반성하고 다음에 같은 일을 반복하지 않기로 결심한다. 조금 더 나은 사람이 될 것을 다짐하는 것이다. 행여 같은 문제가 이미 서너 번 반복된 것이라 하더라도 나를 탓하지 않는다. 사람은 원래 쉽게 바뀌지 않는다는 걸 인정하고 나아간다. '지난번 보다는 그래도 조금 나아진 것 같아.' 이렇게 스스로에게 말한다.

　다른 사람의 문제로 벌어진 일은 인과응보만 기억하

고 감정을 털어버린다. '저런 식으로 살면 벌 받을 거야!' 이렇게. 물론 쉬운 일은 아니다. 하지만 속 끓이는 건 나 혼자일 뿐이고 상대방은 이런 생각조차 하지 않는다는 걸 명심하면 그것도 가능해진다. 이상한 사람 때문에 내 소중한 시간과 에너지를 뺏길 수는 없다.

마지막으로 나의 내면의 문제이고 원인을 찾을 수 없다면 내 감정을 더 파고들어본다. 그리고 내가 느끼는 우울함을 문장으로 표현해본다. '길을 잃었는데 헤맬 힘조차 없어 무기력하고 의욕이 없고 불안한 느낌'인지 '길을 잃었는데 이대로 끝날 것 같아 불안하고 초조하고 겁을 먹은 느낌'인지. 감정을 문장으로 표현하다 보면 그 감정을 어떻게 다뤄야 할지 방향이 잡힌다.

나와 감정을 동일시하지 않고 분리한다. 감정은 나의 일부이지 내가 아니니까. 그래서 감정에 사로잡히거나 휘둘리지 않도록 나를 다스리는 방법을 잘 습득해놓아야 한다. 하지만 이것도 마음이 건강할 때 가능한 일인 것 같다. 마음이 병들면 내 감정과 자아를 동일시하게 되니까.

이럴 때 내가 할 수 있는 일은 슬픔이나 우울을 느끼지 못하게 마음에 즐거움을 욱여넣는 게 아니다. 슬픔을 느끼면서도 몸을 움직일 수 있는 일을 나에게 주고 다른 관점으로 생각을 전환할 수 있는 소소한 단서들을 마련하는 것이다. 소소한 일들이 다른 감정을 일으키도록 길을 터준다.

이 모든 일은 누구에게나 서툴고 때로 막연할지도 모른다. 누구나 이번 생이 처음이니까. 그래도 우울이 나를 잠식해오면 나를 더 들여다보는 연습을 애써 해나가야 한다. 그것이 한 번뿐인 생을 움켜진 사람이 해야 할 일이니까.

얼마 전 나와 과거의 추억을 공유했던 사람이 사라졌다. 나는 그의 고통을 함께하거나 가까이서 지켜봐야 하는 범주 안에 있는 사람은 아니었다. 그 사람과의 시간은 그저 멀고 아련한 기분 좋은 추억으로 남아있었는데 그게 다행인지 불행인지 모르겠다. 어쩌면 친하게 지내던 시절을 지나 먹고 살기 바쁜 어른이 되어 무심과 관심 사이, 어느 정도의 거리를 두고 있어야 하는지 몰랐다고 하는 게 맞다. 어릴 적에는 친했지만 성인이 되고 나니 거리가 멀어져 그 중간의 어정쩡한 부분에 걸터앉아 있었는데 이제와 생각해보니 너무 무심하지 않았나, 이런 생각이 든다. 그래서 나는 이 죽음을 오래 슬퍼해야 한다고 생각했다. 이렇게라도 남기지 않으면 사라진 그가 우리 모두의 기억에서 너무 빨리 희미해질 것 같아서.

#RIP(Rest in Peace)

이별을
말하는 법

우리는 한순간도 미래를 알 수 없다. 10년 후의 삶은 말할 것도 없고 1초 후의 삶도 전혀 알 수가 없다. 그래서 어떤 사람과 만나더라도 헤어짐의 인사에는 되도록 진심을 담아야 한다. 나와 그 사람의 마지막일 가능성이 늘 열려 있기 때문이다.

이별이라는 건 그런 것이다. 어떤 사람과 더 이상 만날 일이 없어질 때, 시간이 지난 어느 날 문득 깨닫게 되는 것.

'아, 그게 마지막이었구나.'

영화 〈거북이는 의외로 빨리 헤엄친다〉에서 주인공은 이렇게 말했다.

"이별은 대단한 게 아니라 지나고 나서 '아, 그게 마지막이었나'라고 느끼는 것이에요."

맞아. 그게 이별이지.

가장 늦게 왔으면
하는 일

얼마 전 친구의 아버지가 돌아가셨다. 친구는 아버지를 잃으니 인생의 담장이 무너진 것 같다고 했다. 계실 때는 몰랐는데 사라지고 나니 무방비 상태가 되어 버린 듯 삶이 흔들린다고 했다. 삶의 틈 속으로 잔바람이 부는 것처럼 춥다고도 했다.

사실 그녀가 가장 두려워하는 건 어머니마저 돌아가시는 일이다. 개성 강한 어머니를 두어 둘은 늘 투닥거리지만 그래도 가장 오랫동안 함께한 친구이기도 하니까. 자기보다 나이가 한참 많은 애증의 친구를 잃는다는 것보다 더 두려운 건 그녀가 혼자 남겨진다는 사실이다.

우리는 모두 언젠가 고아가 된다. 물론 나는 아직 겪지 못한 일이기에 그게 얼마나 큰 슬픔일지, 무엇을 의미하는지 다 알지 못한다. 하지만 상상은 해본다. 나와 가까운 두 분이, 나의 울타리였던 두 분이 떠나고 홀로 남겨진다는 것. 무조건 내편인 누군가를 잃는다는 것. 입에 달고 살던 엄마, 아빠라는 단어를 잃는다는 것. 하나를 잃고 마지막 남은 하나마저 잃는다는 것. 그 잃은 무엇은 이번 생에서는 다시 만날 수 없다는 것이다. 그런 날은 친구에게도 나에게도 아주 아주 아주 먼 미래의 일이었으면 좋겠다.

슬픔이 파도처럼 밀려올 때가 있다. 밀려오는 감정의 요동침이 보여 준비할 시간도 주어진다. 슬픔이 밀려 들어왔다 나갔다를 반복하며 발바닥을 적시고 발목까지 차오른다. 나는 뒤로 물러설 수도, 그대로 그 자리에 머물 수도 있다. 슬픔이 쓰나미처럼 덮칠 때도 있다. 안온하던 삶에 걷잡을 수 없이 덮친 막연한 슬픔. 슬픔이 어디에서 기인한 것인지 언제 사라지는 것인지 알 수 없다는 막막함에 감정은 더 무겁게 가라앉는다.

내게 슬픔은 잔잔히 밀려왔으면 좋겠다. 적당한 거리와 적당한 시간을 두고 천천히. 슬픔을 준비할 수 있게, 힘들면 잠시 뒤로 물러날 수 있게, 내 손을 잡아준 옆 사람으로부터 위로받을 수 있게 말이다. 슬픔은 누구에게나 오는 것이 운명이니까.

#슬픔이여 안녕, 은 아니어도

삶의 모든 순간은
위로다

"그 도도했던 새침데기가 코를 드르렁 드르렁 골더라고."

한 친구가 무용과를 졸업한 친구와 여행을 갔던 이야기를 들려줬다. 대학 때부터 함께 지냈으니 둘은 오랜 인연이었다. 서로 잘 맞아 여행도 같이 다니고 서로의 집에 가서 밤을 새우기도 여러 번. 결혼 후 일과 살림으로 바쁘다 겨우 짬을 내어 마음 맞는 여자들 다섯

명이 함께 여행을 다녀왔다고 했다.

그런데 숙소에서 자던 중 누군가 코를 심하게 골기 시작했다고 한다. 친구는 자다가 깨어 소리의 근원을 찾았는데 자세히 보니 세상에! 무용과 친구가 아닌가.

아침에 일어나 차를 마시며 친구들은 무용과 친구의 코골이 이야기로 꽃을 피웠다.

"와, 쟤가 코를 골더라니까."
"나는 너 땜에 한 숨도 못 잤다, 얘"

친구가 말했다.

"야, 나는 너무 위로가 된다. 너도 코를 고는구나. 한 번도 상상해본 적도 없는데… 너도 늙는구나."

언제 어디서나 주목을 받던 미모로 인간계를 벗어나 신계에 있는 사람이라며 대우 받던 그녀의 인간계 입성 소식은 그 자리에 있던 친구들의 위로가 되었고 친구들의 자존감을 높여주었다.

나도 최근 유희열이 쓴 책 《밤을 걷는 밤》을 읽으며 동일한 느낌을 받았다. 책을 끝까지 읽고 느낀 건 '아, 유희열도 나이가 들었구나'였다. 어떤 시절에 대한 그리움, 사람과 공간에 대한 그리움이 자꾸 배어나온다는 건 나이가 들어간다는 증거다. 토이의 유희열은 나의 청춘 시절을 설레게 할 만큼 좋았는데 훌쩍 아저씨가 된 유희열에게도 위로를 받았다. 나만 나이를 먹는 줄 알았는데 그도 나이를 먹는구나. 함께 나이 들어간다고 생각하니 더 친근해진 기분이었다.

삶은 우리를 방치하는 것처럼 느껴질 때가 많지만 사실은 모든 순간마다 누군가를 위로하고 있다. 엄마가 아프면 아이가 엄마를 위로하고, 반려견과 이별하는 순간 가족은 서로를 위로한다. 나의 도움을 필요로 하게 된 다른 이의 실수는 나를 위로하고, 나의 좌절은 누군가에게 또 위로가 된다. 토크쇼에 나온 유명인이 들려준 어릴 적 고생한 이야기는 방송을 보는 누군가의 마음을 치유하고, 내 마음을 들여다본 듯 내 마음과 똑같은 노래를 듣다 깊은 위로를 얻기도 한다. 절대 흐트러짐이 없던 친구가 나이가 들어 덤벙대는 모습을 보며 나만 그런 게 아니구나 하며 위안을 느낀다. 너도 늙는구나. 우리는 다 똑같이 나이를 먹어가고 있어.

나의 아픔이 누군가에게는 큰 위로가 될 수 있다. 그러니 나쁜 일도, 좋은 일도, 슬픈 일도, 기쁜 일도 모두 위로가 된다. 그러니 어떤 일이 생기든 안심이 된다. 삶의 모든 순간은 위로가 되니까.

마음을 비워둘게요

초판 1쇄 발행 2021년 6월 23일

지은이   이애경

펴낸이   이효원
펴낸 곳   언폴드
출판등록   제2020-000142호
주소   서울시 마포구 성지길 25-11, 지층 134호
이메일   unfoldbook0@gmail.com
대표전화   070-8098-0463
팩스   0504-463-0419

ISBN 979-11-971572-1-9 02810